MY HERO ACADEMIA

僕《ぼく》のヒーローアカデミア

雄英白書 祭

それぞれの文化祭

堀越耕平《ほりこしこうへい》　誉司《よし》アンリ

JUMP j BOOKS

雄《ゆう》英《えい》高《こう》校《こう》生《せい》徒《と》名《めい》簿《ぼ》

ヒーロー科《か》：1年《ねん》A《エー》組《くみ》

飯田《いいだ》 天哉《てんや》
誕生日《たんじょうび》：8月《がつ》22日《にち》
個性《こせい》：エンジン

轟《とどろき》 焦凍《しょうと》
誕生日《たんじょうび》：1月《がつ》11日《にち》
個性《こせい》：半冷半燃《はんれいはんねん》

爆豪《ばくごう》 勝己《かつき》
誕生日《たんじょうび》：4月《がつ》20日《か》
個性《こせい》：爆破《ばくは》

緑谷《みどりや》 出久《いずく》
誕生日《たんじょうび》：7月《がつ》15日《にち》
個性《こせい》：ワン・フォー・オール

八百万《やおよろず》 百《もも》
誕生日《たんじょうび》：9月《がつ》23日《にち》
個性《こせい》：創造《そうぞう》

麗日《うららか》 お茶子《ちゃこ》
誕生日《たんじょうび》：12月《がつ》27日《にち》
個性《こせい》：無重力《ゼログラビティ》

峰田《みねた》 実《みのる》
誕生日《たんじょうび》：10月《がつ》8日《か》
個性《こせい》：もぎもぎ

常闇《とこやみ》 踏陰《ふみかげ》
誕生日《たんじょうび》：10月《がつ》30日《にち》
個性《こせい》：黒影《ダークシャドウ》

尾白《おじろ》 猿夫《ましらお》
誕生日《たんじょうび》：5月《がつ》28日《にち》
個性《こせい》：尻尾《しっぽ》

芦戸《あしど》 三奈《みな》
誕生日《たんじょうび》：7月《がつ》30日《にち》
個性《こせい》：酸《さん》

青山《あおやま》 優雅《ゆうが》
誕生日《たんじょうび》：5月《がつ》30日《にち》
個性《こせい》：ネビルレーザー

蛙吹《あすい》 梅雨《つゆ》
誕生日《たんじょうび》：2月《がつ》12日《にち》
個性《こせい》：蛙《かえる》

砂藤《さとう》 力道《りきどう》
誕生日《たんじょうび》：6月《がつ》19日《にち》
個性《こせい》：シュガードープ

口田《こうだ》 甲司《こうじ》
誕生日《たんじょうび》：2月《がつ》1日《か》
個性《こせい》：生《い》き物《もの》ボイス

切島《きりしま》 鋭児郎《えいじろう》
誕生日《たんじょうび》：10月《がつ》16日《にち》
個性《こせい》：硬化《こうか》

上鳴《かみなり》 電気《でんき》
誕生日《たんじょうび》：6月《がつ》29日《にち》
個性《こせい》：帯電《たいでん》

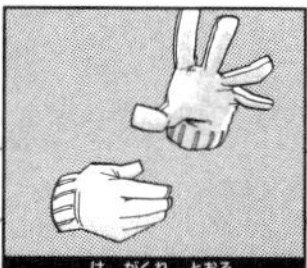

葉隠《はがくれ》 透《とおる》
誕生日《たんじょうび》：6月《がつ》16日《にち》
個性《こせい》：透明化《とうめいか》

瀬呂《せろ》 範太《はんた》
誕生日《たんじょうび》：7月《がつ》28日《にち》
個性《こせい》：テープ

耳郎《じろう》 響香《きょうか》
誕生日《たんじょうび》：8月《がつ》1日《か》
個性《こせい》：イヤホンジャック

障子《しょうじ》 目蔵《めぞう》
誕生日《たんじょうび》：2月《がつ》15日《にち》
個性《こせい》：複製腕《ふくせいわん》

ヒーロー科《か》：1年《ねん》B《ビー》組《くみ》

塩崎《しおざき》 茨《いばら》
誕生日《たんじょうび》：9月《がつ》8日《か》
個性《こせい》：ツル

鉄哲《てつてつ》 徹鐵《てつてつ》
誕生日《たんじょうび》：10月《がつ》16日《にち》
個性《こせい》：スティール

物間《ものま》 寧人《ねいと》
誕生日《たんじょうび》：5月《がつ》13日《にち》
個性《こせい》：コピー

拳藤《けんどう》 一佳《いっか》
誕生日《たんじょうび》：9月《がつ》9日《か》
個性《こせい》：大拳《たいけん》

取陰《とかげ》 切奈《せつな》
誕生日《たんじょうび》：10月《がつ》13日《にち》
個性《こせい》：トカゲのしっぽ切《き》り

庄田《しょうだ》 二連撃《にれんげき》
誕生日《たんじょうび》：2月《がつ》2日《か》
個性《こせい》：ツインインパクト

柳《やなぎ》 レイ子《こ》
誕生日《たんじょうび》：2月《がつ》11日《にち》
個性《こせい》：ポルターガイスト

小大《こだい》 唯《ゆい》
誕生日《たんじょうび》：12月《がつ》19日《にち》
個性《こせい》：サイズ

鱗《りん》 飛竜《ひりゅう》
誕生日《たんじょうび》：7月《がつ》14日《か》
個性《こせい》：ウロコ

泡瀬《あわせ》 洋雪《ようせつ》
誕生日《たんじょうび》：11月《がつ》7日《か》
個性《こせい》：溶接《ようせつ》

サポート科《か》

発目《はつめ》 明《めい》
誕生日《たんじょうび》：4月《がつ》18日《か》
個性《こせい》：ズーム

普通科《ふつうか》

心操《しんそう》 人使《ひとし》
誕生日《たんじょうび》：7月《がつ》1日《たち》
個性《こせい》：洗脳《せんのう》

CHARACTER

MY HERO ACADEMIA
僕《ぼく》のヒーローアカデミア
雄英白書
祭

それぞれの文化祭

コンテンツ

CONTENTS

Part《パート》.1

校外活動《インターン》DE《で》だんじり

夏から始まった寮生活にもすっかり慣れ、カレンダーの上では秋が始まった今日この頃。

「明日《あした》からよろしくお願いします！　失礼します！」

深々《ふかぶか》と頭を下げながらドアを閉めた緑谷出久《みどりやいずく》のカチコチに固まった上半身を、先に廊下に出ていた通形《とおがた》ミリオが豪快に笑いながらほぐした。

「あはははは！　緑谷くん固いよー！　採用になったんだからもっと喜ばなきゃあ！」

「いや先輩……手放しで喜べないです……」

ここは雄英《ゆうえい》高校から電車で一時間ほどの場所にある、サー・ナイトアイ事務所。

ヒーロー活動許可仮免許を無事取得した出久は、もっと強くなるためにオールマイトの元相棒であるサー・ナイトアイに校外活動《インターン》で受け入れてもらおうと、すでにサーのもとで校外活動《インターン》をしているミリオを伝手《つて》に頼みにきていたところだ。

受け入れてはもらえたが、オールマイトから受《う》け継《つ》がれた〝個性〟ワン・フォー・オールの後継者にふさわしくないと、出久にあきらめさせるための採用だった。そのうえ、採用条件であるハンコを三分以内にサーから奪うことも叶《かな》わず、なおかつ、最初にミリオから言われていた「サーを笑わせる」こともできなかった。

「僕の渾身《こんしん》のオールマイトの顔マネ……スベっちゃったし……」

「あれは大スベりだったよね！」

「ううっ……」

シュンと落ちこむ出久。ふだんはこれほど落ちこんだりすることは珍しいが、大スベりが尾を引いているようだ。

それだけでなく、サーがワン・フォー・オールのことを知っていたことと、ミリオがワン・フォー・オールの後継者候補だったことを初めて聞かされ、それをオールマイトが黙っていたことに内心混乱しているせいもあるのだが。

「でも、オールマイト話は盛りあがってたじゃないか！　サーもとっても楽しそうだったよ！」

「そうですか……？」

出久の気持ちなどつゆ知らず、ミリオはニッと笑う。

「ホント、ホント！　俺もオールマイトのファンだけど、あそこまで深い話はできないしね」

すると、そのときのことを思い出した出久はパッと顔を上げた。

「それは僕もです……！　ビネガースーサイド事件を知ってる人なんてなかなかいないし……あのエピソードは、オールマイトのウィットにとんだユーモアセンスとおちゃめさが表れていると思うんですよ！　敵《ヴイラン》を倒す強さだけじゃない、オールマイトの人間性があってこそ、きっとあの溺《おぼ》れた中学生も強さと優しさに裏づけられたユーモアを感じて安心できたんじゃないかな。そうそう、『オールマイトジョーク集』のあとがきにもあるんですけど、オールマイトのジョークはアメリカンジョークの皮肉《ひにく》もありつつ、包みこむような朗《ほが》らかさがあって……」

「へえ、そんな本出てたんだ」

「サーの本棚にもありましたよ？　改訂版も。あぁ、そういえば一〇周年記念タペストリー！　あれ、本当に貴重なんですよ！　プレミアついてて、コレクターの間じゃ幻《まぼろし》って言われてるんです。あと等身大立て看板も！　あれは記念品でもないですよね？　もしかして記念パーティとかに置かれてたりしたものなのかな？」

喉《のど》から手が出るほどうらやましそうな出久に、ミリオは言う。

「サーのコレクションはあれだけじゃないらしいよ。オールマイトグッズ用にレンタル倉庫借りてるんだって」

「うっわあ……住みたい……っ」

「見るだけじゃないんだ」とミリオが真顔《まがお》になる横で、出久はオールマイトグッズについて語り続ける。

そんな出久を見ながら、ミリオはふだんのサーを思い出す。仕事中は眼光鋭《がんこうするど》く、一分《いちぶ》の隙《すき》もないが、休憩《きゅうけい》中などは少しだけ表情を緩《ゆる》ませてオールマイトの動画を見ていたりする。オールマイトとは意見の対立で道を違《たが》えてしまったが、サーはもともとオールマイトの大ファンだった。

（似てるな、サーと緑谷くん）

表現のしかたは全然違うけれど、二人ともオールマイトの大ファンだ。同じ人が好きということは、根本的に似たところがあるのだろう。ならば、絶対に仲良くなれるはずだ。

「それから……先輩？　どうかしましたか？」

「いやあ、なんでもない。明日からがんばろうぜ！」

ミリオがオールマイト談議《だんぎ》に花を咲かせている二人を想像したその頃、常闇踏陰《とこやみふみかげ》は福岡《ふくおか》のホークスの事務所へ校外活動《インターン》に来ていた。

「遅いよー」

ビルの屋上で敵《ヴィラン》を捕《と》らえて、サイドキックたちの到着を待っていたホークスを見つけて、やっと追いついた常闇は息つく間もなく、敵《ヴィラン》の後始末《あとしまつ》にとりかかる。伸びている敵《ヴィラン》を確保し拘束《こうそく》する姿も板についてきた。少し遅れてやってきたサイドキックたちも即座《そくざ》に敵《ヴィラン》を受け取り、警察へと引き渡す。

「そろそろ休憩しよっか」

そう言ってホークスは人数分の缶ジュースをそれぞれに放り投げる。いったいいつの間に買っていたのかと訊《き》けば、追跡中に迷子の子供を親元に連れていき、そのお礼にもらったという。

(相変《あいか》わらず速すぎる……)

つかの間腰をおろし、ジュースを飲みながら常闇はそんなことを思った。

〝個性〟の剛翼《ごうよく》でいくつもの事件をスピード解決していくホークスは、一〇代の最速最年少でヒーローチャートのトップテン入りを果たして、速すぎる男と呼ばれている。

職場体験で呼ばれたときよりは多少なりとも追いついていけるようになったと思うが、それでも空を自由に飛ぶ男にはかなわない。

「エンデヴァーの息子《むすこ》さんってどういう子なの？」

いつのまにか横に来ていたホークスからの唐突《とうとつ》な質問に常闇は目を丸くした。同じクラスの轟焦凍《とどろきしょうと》は、現在暫定《ざんてい》ナンバーワンヒーロー・エンデヴァーの息子だ。詳《くわ》しいことは知らないが、ふだんの反応からすると轟の父親への印象はあまりよくないように思える。

常闇は少し考えてから口を開いた。

「優秀な男です。成績も実力も」

「ふーん。性格はやっぱりエンデヴァーみたい？」

「いえ、どちらかというと冷静かと」

常闇は、自分の答えにおもしろそうな顔で「へえー」と相槌《あいづち》を打つホークスに、なぜそんなことを訊くのかと疑問の目を向けた。その視線に気づいたホークスは笑って言う。

「俺、エンデヴァーのファンだから」

子供のような、けれど老獪《ろうかい》さを隠しているような笑《え》みは、立ち上がった赤い翼《つばさ》に隠された。

「ねえねえ知ってる？　ランチラッシュ先生の期間限定メニュー！　タピオカミルク丼《どん》」

「噂《うわさ》では！　まだ食べる勇気ないですー」

「どんな味なのかしら？」

　リューキュウの事務所に校外活動《インターン》に来ている麗日《うららか》お茶子《ちゃこ》と蛙吹《あすい》梅雨《つゆ》は、無邪気《むじゃき》な波動《はどう》ねじれの問いに、とまどいながら答える。ひと仕事終えてのティータイムだ。ジャスミンティーの華《はな》やかな香りと甘いクッキーの匂《にお》いが事務所に漂っている。

「意外と美味《おい》しいんだってー。通形が試しに食べたんだけど！　甘いつぶつぶお茶漬けみたいなんだってー」

「想像できるようなできないような……！」

「美味しいのなら、一度くらい食べてみてもいいかもしれないわね。ケロ」

「斬新《ざんしん》なメニューね」

　三人の話を微笑《ほほえ》ましく見守っていたリューキュウがそう言うと、ねじれががばーっと近づいて聞く。

「ねえリューキュウも食べたい？　食べたいー？」

「私は遠慮しとくわ」

　リューキュウが苦笑《くしょう》して答えたそのとき、事務所に無線が入った。

『エスパ通りを現在　敵《ヴィラン》が逃走中、至急ヒーローの応援を――』

その瞬間、緩《ゆる》んでいた空気が一瞬で締《し》まり、四人はバッと立ち上がる。ティータイムは終わりだ。

「行くわよ」

「はーい！」

「「はいっ」」

リューキュウ、ねじれに続いて、お茶子と梅雨も駆けだす。その凛々《りり》しい顔は、立派にサイドキックに見えた。

同じく校外活動《インターン》に来ている切島鋭児郎《きりしまえいじろう》は大阪《おおさか》の一角にいた。

「たこ焼きうまいよー！　ウチのたこは大粒《おおつぶ》やでぇ！」

「キャベツ焼き、キャベツ焼きー！」

「だんじり見物のおともにウチのホルモン連れてってやー！」

威勢《いせい》のいい屋台からのかけ声に、切島は思わず「おーすげえ！」と感心する。

「俺、だんじり祭り初めてなんスけど、すげえ盛りあがってるんスね！」

全国でも有名な祭りとあってすごい人出だ。そのためスリが出たり、小競《こぜ》り合《あ》い、ケンカなどが起こるのでこうしてヒーローも見回り警備に参加しているのだ。

祭りに参加する地元の人々はそれぞれの地区ごとの半被《はっぴ》を身にまとい、気合が入った顔をしてだんじりの出発を待っている。自分たちの地域のだんじりをいかに速く美しく走らせるかに命を懸《か》けているといっても過言ではない。地元にとっては、この祭りが一年の軸《じく》なのだ。

切島の横で天喰環《あまじきたまき》は、そんな雰囲気から身を隠したいようにヒーロースーツのフードをさらに深く被《かぶ》りなおす。

「祭りって、どうして盛りあがってるんだろう……」

「そりゃ気分が盛りあがるからやろ！　血が騒ぐんやろな！」

天喰の隣で巨体を揺らしながら豪快に笑うのは、ファットガム。切島の校外活動《インターン》先のヒーローだ。

「ファット！　ウチのたこ焼き食べてってーや！」

「おおきに！」

大阪を拠点《きょてん》とし活動しているヒーローなので、さっきからひっきりなしに声をかけられている。たこ焼きのように丸々とした巨体と明るく親しみのある性格が愛されている要因だろう。

「お！　そっちの兄ちゃんもネットニュースで見たで！　新米《しんまい》のサイドキックの列怒《レッド》頼雄《ライオッ》斗《ト》やったっけ!?　カッコええやん、おまけでネギ大盛りや！　そっちの暗そうな兄ちゃんも食べて元気だしや！」

「あざっス！」

「暗い……」

小さくガーンとショックを受ける天喰を「フード被ってるからじゃないっすか？　大丈《だいじょう》夫《ぶ》！」と励《はげ》ます切島。

「でも、〝個性〟復活してよかったっス！」

「うん……」

先日切島は初パトロールで敵《ヴィラン》を退治したばかりだ。その際、天喰は〝個性〟が発動できなくなるクスリを撃《う》たれたが、一晩寝たら復活していた。

裏で死穢《しえ》八斎會《はっさいかい》の治崎廻《ちさきかい》がヤクザの復権《ふっけん》のために、組長の孫であるエリの〝個性〟を使い〝個性〟を消すクスリをばらまいていたためだったが、それを切島たちが知るのはもう少し先のことだ。

今はなにも知らず、〝個性〟の復活に安堵《あんど》する天喰本人と切島。ファットはいやな予感を感じながらも、ともかく安堵する。

「まったく、環はそのヘボメンタルさえなかったらごっつう強いヒーローやのになぁ」

ファットがたこ焼きを食べてから口を開く。

「またそうやってプレッシャーを！　俺のメンタルの弱さを知っているのにもかかわらず！」

「褒《ほ》めてんじゃないんスかね、先輩！」

好意のたこ焼きを食べながら、混雑する街並みを歩いていく。ずらりと並んだ屋台からは、甘いソースや肉の焼ける香《こう》ばしい匂いなど、涎《よだれ》を誘う空気が充満している。

「お、牛串《ぎゅうくし》もあるやんか。おっちゃん、三本！」

「イカ焼き三つな！」

「おねーちゃん、豚まん三つ！」

「ちょっ、ファット、俺はもう大丈夫っス！」

周囲を見渡しながらも、屋台の前を通るたび次々と注文していくファットに、切島は思わずストップをかけた。

「なんや、もうおなかいっぱいなんか？」

「いえまだまだいけますけど、これ以上食べたらいざ走ったりするときキツイんで……俺を気にせず食べてください！」

ファットの〝個性〟は脂肪吸着《しぼうきゅうちゃく》。その脂肪をためこんだ丸々とした体でなんでも吸着し、沈めてしまうのだ。人をダメにするソファのように、一度捕《つか》まったら敵《ヴイラン》は戦意喪失《そうしつ》してしまうこととうけあいだ。

そして天喰の〝個性〟は再現《さいげん》。食らったものの特徴を体に再現できる。

いわば、二人にとって食べるのは仕事の延長。切島の言葉に、天喰は豚まんを食べ終わり頷《うなず》く。

「うん、でも俺も今日はけっこう種類食べたから、もういいかな」

「二人とも小食やなぁ。お、おっちゃんチョコバナナおくれ」

甘いものもイケるのか、チョコバナナを一口で頬張《ほおば》るファット。ファットは食べること自体が好きなのかもしれない。

「あ、そういや雄英って寮になったんやったな。ごはんとかどうしてんの？」

ふと思い出したように言うファットに切島が答える。

「ランチラッシュ先生が作ったのが配達されるんス。あと作りたいヤツは自分で作ったりもできるけど、みんなほとんど配達っスね！　うまいし！」

控《ひか》えめに頷きながら天喰が続く。

「栄養も品目も多いしね」

「なんかええなぁ、寮生活って。毎日修学旅行みたいやん」

「慣れればフツーっスよ。でも寮でもみんなと話せるのは楽しいっスね！　ね、先輩！」

「まぁ気心は知れてるし……」

「ケンカとかせぇへんの？」

「あ、こないだありました。ウチのクラスの幼馴染《おさななじみ》同士が」

「へえー！　エリート高でもやっぱそういうんあるんや！」

周囲に目を配《くば》りながら答えた切島に、ファットが意外そうに目を丸くした。天喰も「ああ……」と思い出したような顔をする。

「ハウンドドッグ先生が荒ぶってたヤツ……」

出久と爆豪勝己《ばくごうかつき》が夜中に寮を抜け出しケンカしたことは、後期始業式で生活指導担当のハウンドドッグによって注意されていた。

「いやー、もともとそんな仲良くはない二人……あ、爆豪と緑谷っていうんですけど」

その名前にファットが反応する。

「んー？　……あぁ、体育祭で1年の一位の子と、たしか……えらいぼろぼろになった子おか。幼馴染やったんや」

「ミリオが気に入った子だよね……。爆豪くんは謹慎《きんしん》中だったんだっけ、あのミリオと手合わせしたとき」

「そっス！　もともと爆豪のほうが突っかかってくみたいな感じだったけど、でもケンカしたあとはちょっと落ち着いたみたいな感じですかね！」

ニカッと爽《さわ》やかに笑う切島に、ファットも同じようにニカッと笑い返す。

「青春しとんなー！　環はないんか？　河川敷《かせんじき》でミリオくんと決闘して、おまえ、やるやん……みたいなの」

そんな笑顔を向けられ、天喰は困ったように眉《まゆ》を寄せた。

「ないですよ……。そもそもケンカなんか一度も」

「ウソやん！　今までいっぺんも？　小学校から一緒《いっしょ》なんやろ？」

「ケンカなんかしないに越したことはないでしょ……」

「あー、でもわかる気ィするな。ミリオ先輩はからっと明るいから」

「うん……。ミリオはすごいヤツだから」

天喰はまるで自分が褒められたように嬉《うれ》しそうに目を細める。そんな天喰の顔を見て、切島は改めて爆豪と出久を思い出した。入学直後から最近までの二人に、にこやかに話す場面など一度もない。そんな場面があったならば、A組のトップニュースになるだろう。

（……うん！　いろんな幼馴染がいるな！）

切島は比《くら》べることをやめた。世の中には相性《あいしょう》というものがある。それに、傍《はた》から見て仲が悪そうに見えても、当人同士は仲が良かったりすることもある。ハナから友達同士の仲の良さなど誰かと比べるものではない。

「爆豪はからっと爆発するタイプっス」

「どういうこと？」

切島はニカッと天喰に笑う。

「自分に正直ってことっスかね！」

そんな話をしていると、路肩《ろかた》にあるひときわ派手なだんじりが目に入った。出発の時間も迫《せま》り、準備に余念がない。切島が聞いた話だと、だんじりはおよそ三～四メートルほどの高さがあり、重さはおよそ四トンほどあるらしい。そんな大きな山車《だし》の屋根に乗り、団扇《うちわ》を持って舞いながら方向を指示する大工方《だいくがた》というポジションがある。猛スピードで走るだんじりの上でバランスを取りながら踊るさまは、まさにだんじりの花形で、祭りをより一層盛りあげる。

「おお～！」

感心して見上げる切島たちの前で、その大工方だろう青年が屋根に上がった。凛々しい顔だちにムダのないすらりとした筋肉質の体躯《たいく》をしている。堂々とした様子《ようす》に、同じ半被を着た仲間たちから「カッコええぞ、エイちゃん！」など声がかかった。

「おう！　やったるでぇ！」

「えっ、あざっス？」

中学時代などは鋭児郎の『鋭』から同じくエイちゃんと呼ばれていた切島は、思わず返事をしてしまう。きょとんと振り返る半被集団に、すぐに勘違《かんちが》いしたと気づいてあわてて声をかけた。

「すんません、俺もエイちゃんって呼ばれてたんで、つい！」

「ヒーローと同じあだ名なんて光栄やわ！」

ニカッと笑って手を上げ応《こた》える青年に、切島は親近感を覚えた。ほかの仲間たちも「見回りおおきに！」などファットたちにお礼を言ってくる。見かけはヤンチャそうだが、みんな気はいい青年のようだ。切島は屋根の上の青年に声をかける。

「がんばってください！」

「……おう！」

一か所で止まっているわけにはいかないとファットたちが背を向け歩きだしたそのとき、

後ろから「危なっ！」など声があがった。

「大丈夫か、エイちゃん⁉」

「緊張してんちゃうかぁー？」

振り返ると、屋根の上で青年が足を滑《すべ》らせたのか、尻《しり》もちをついていた。

「あ……アホか！　俺が緊張するわけないやろが！　バナナの皮が落ちとってん！」

「さぶっ！　エイちゃん、二度スベっとんぞー！」

「うっさいわ、お前らの緊張ほぐしたろと思った俺の思いやりギャグやんけ！」

笑いながら屋根の上で立ちあがる青年。切島は小さな違和感に首をひねる。青年の足が震えているような気がしたのだ。

そしてその違和感は当たっていた。


「ほんならちょお行ってくるわ。二人は休憩しとき」

それからしばらく見回りをしたところで、ファットが本部に呼ばれた。ちょうど交代の時間で切島と天喰は混雑する通りを離れ、ジュースを飲みつつ路地裏に居場所を求める。

「ミックスジュースうめえ～」

「大阪のミックスジュースは牛乳が入ってるからまろやかなんだ」

「牛乳入ってるとやっぱり牛が再現できるんスか？」

「もちろん」

「じゃあ果物《くだもの》とかは――」

切島がそう言いかけたとき、聞いたばかりの声がした。

「……ほんま、あのときはすんませんでした……」

少し離れて、さっきの大工方の青年が親子連れに深々と頭を下げているところだった。

「だから気にせんでええよ！　事故みたいなもんやし、この子ももうすっかり治《なお》ったんやし……なぁ、ケンちゃん？」

「うん！　もう走っても全然痛くないねん！　それよりエイちゃんのだんじり、何番目に出んの？」

「五番目やけど……」

「わかった！　お母ちゃん、早《は》よ席、行こ！　エイちゃん、がんばってなー！」

そう言うと、五歳くらいの男の子は母親の手をぐいぐい引っ張っていってしまった。それを青年はさっきとは正反対の辛《つら》そうな顔で見送っている。

「あ……さっきの」

「あ、その……」

気まずそうな表情が浮かんだ青年に、切島たちは見られたくなかっただろう場面を見てしまったんだと察した。どう声をかけようか迷っていると、それに耐えかねたように、青年は「ほな」と行こうとする。だが、ズルッと足を滑らせコケた。踏んだのはバナナの皮だ。

「いやほんまにバナナの皮落ちとんのかいっ」

思わず地面にツッこむ青年に、切島は珍しそうにバナナの皮を見る。

「さすがお笑いの本場、大阪……！」

「いや、たぶんチョコバナナとかで使ったヤツがたまたま落ちてたんじゃ」

冷静に言う天喰に切島はなるほどと納得する。青年は力ない笑みを浮かべた。

「はは……なんやヘンなとこ見られてしもたな……」

「あの、どっかケガとか大丈夫ですか？」

地面に腰を落としたままの青年を起こそうと手を引こうとして、切島は青年の足が震えていることに気づいた。天喰も気づく。そして青年も二人に気づかれたことに気づいて黙りこんだ。

「……あの、なんかあったんスか……？」

よけいなお世話はヒーローの本質だ。

さっきのこともあり、聞かずにはいられなかった切島に、青年の顔が子供のようにくしゃりと歪《ゆが》んだ。

「――昔から大工方が夢やっててん。それがやっと叶ったのが去年でな……でも……」

青年はポツポツと話しだす。

念願叶い、大工方になった去年、青年は自分のミスでだんじりを転倒させてしまった。たまたまそこに居合わせたさっきの男の子を巻きこんでしまい、ケガをさせてしまったのだ。幸い軽傷ですみ、謝罪も受け入れてくれたが、祭りが近づいてだんじりの屋根に上るとそのときのことを思い出してしまうという。

「練習んときはまだ大丈夫やってん。でも今日、また誰かを同じようにケガさせたらと思うたら……足がすくんでもうて……情けないわ」

そう言って繕《つくろ》うような声もわずかに震えていた。切島も天喰も真剣にそれを聞いていた。

ヒーローは自分を殺そうと向かってくる敵《ヴイラン》に対しても、できるだけ敵《ヴイラン》の命を守るように戦う。そして、そんな戦いに万が一にも一般人を巻きこんでケガをさせてしまうことのないように、全方位に気をつけて戦わなくてはならない。

自分が傷つくより、誰かを傷つけてしまうほうが怖《こわ》い。そう思える人は、臆病《おくびょう》なんかじゃなく、とても優しく強くありたい人だ。

「………」

切島は中学のときのことを思い出した。

漢気《おとこぎ》あふれるヒーローに憧《あこが》れ、ヒーローになりたいと思っていた。誰より漢らしくあろうと、弱い者いじめに首を突っこみ、強くなるために体を鍛《きた》えまくった。けれど体が硬《かた》くなるだけという地味な〝個性〟に、自信が持てずにいた。

そんなとき、街なかでラジオを首からさげた異様な巨体に道を聞かれ、恐怖で固まる同級生の女子たちを目撃した。

恐怖とは本能で感じるもの。そこにいる異様な巨体から発せられる殺気のような不穏さは染《し》みわたる毒のように周囲に広がっていく。

救《たす》けにいかなくては。そう思うのに、切島の足は恐れでコンクリートで固められたように一歩も動けなかった。恐怖で泣きだしそうな女の子がすぐそこにいるというのに。

そんな切島の目の前で、女の子たちの前に飛び出したのは同じ中学の芦戸《あしど》三奈《みな》だった。

自分も怖かったのに、誰かの前に飛び出していける女の子。

同時に思い出していた。ニュースで話題になっていた、同じ歳《とし》のヤツが強力な敵《ヴィラン》に捕まって抵抗していたこと。それを救《たす》けようと、飛び出した友達らしき同級生がいたこと。

誰かの危機に、とっさに飛び出していける人。

一歩も動けなかった自分。

打ちのめされた。自分の弱さ、小ささを思い知らされた。自分が情けなくて、しかたなかった。

「……気持ち、わかります。俺も怖くて動けなかったことあるから」

切島の言葉に天喰が意外そうな顔をする。顔を向ける青年に切島は続けた。

「でも、紅頼雄斗《クリムゾンライオット》が言ってたんス。敵《ヴィラン》も、死ぬことも怖《こえ》えけど、それより恐ろしいのは救えるはずの人を救えなかったときだって……。俺は怖えこと、怖えままでいることのほうが怖い。漢には、怖くても……カッコつけなきゃいけないときがあると思います」

真剣な切島に、青年は間を置いて小さく苦笑する。

「……俺も紅頼雄斗は好きやで。でもな……現実と理想は違うわ……」

「エイちゃんさん……」

「いかんな、こんなんじゃまた……。……うん、踏んぎりついたわ、みんなにはすまんけど大工方、誰かと代わってもらうわ」

「えっ、なんで……！」

「ほんまはずっと考えとったんや。こんな俺でええんかって。……夢やったからしがみついてきたけど、また誰かをケガさせてしまうよりマシやろ。おおきにな」

苦《にが》く笑って、青年はその場を立ち去った。突然のことに啞然《あぜん》と見送ることしかできなかった切島だったが、自分の言葉が青年にあんな顔をさせてしまったことがわかると、「……俺の言葉足らず!!」と自分を殴《なぐ》った。天喰は放られたジュースをあわててキャッチする。

「そんなつもりで言ったんじゃ……！　先輩っ、俺、ちょっと行ってきます！」

「行って説得するつもり？　今はなにを言っても届かないんじゃないかな……」

「だからって！」

「一歩踏み出すのは、その人の意志がなくちゃできない。誰かに背を押されても、その人自身が踏み出そうとしなかったら、その人はただ倒れちゃうだけだよ」

冷たい言い方をするようだけど……と少し申し訳なさそうに視線を落とす天喰。

心が動くから、体も動く。

切島も天喰の言いたいことは身に染みてわかっていた。けれど、ただ放っておくのは歯がゆかった。

自分もまだ、あのときの恐れから踏み出せていないから。

「……～っ、やっぱり俺……！」

切島が駆けだそうとしたとき、携帯していた無線から呼び出しがかかった。

『環、切島くん、急いで警備本部に来てや！』


警備本部へ呼び出されてから数十分後、切島と天喰は半被姿でふたたび見回りに出ていた。

鍛えた体で姿勢よく堂々としている切島は地元の住民かと思うほど祭りにとけこんでいるが、自信なさそうに背を丸めて歩く天喰は半被に着られているようで違和感が否《いな》めない。それでもヒーロースーツよりは周囲にとけこんでいる。

本部に呼び出された理由。数日前に銀行強盗で指名手配になった敵《ヴィラン》がだんじり祭りに来ているとの情報が入ったためだった。ヒーロースーツでは目立つので、変装して敵《ヴィラン》を探すのだ。ファットは体格的に変装しても無意味なので、二人とは別行動で見回っている。

SMASH
MY HERO ACADEMIA
僕《ぼく》のヒーローアカデミア
雄英白書

「落ち着かない……」

「先輩、シャンッとしてたら似合《にあ》ってますって！」

「そのシャンッが難しいんだよ……」

そのとき、少し離れたところからひときわ大きな歓声《かんせい》があがった。歓声は轟音《ごうおん》とお囃子《はやし》と威勢《いせい》の良いかけ声とともに近づいてくる。

「だんじりが出発したんだ」と言う天喰の声に切島が返事をする間もなく、歓声とともにだんじりが二人の横を駆け抜けていく。大きなだんじりに十数人の男たちが乗っている。ピョンピョンとリズムよく跳《は》ねるように舞いながらだんじりを指揮する大工方、お囃子隊に、ブレーキや方向転換の役割をする者たち。そんなだんじりを何十人もが前から縄で引き、後ろで支える。それらに加わっていない同じ地区の仲間たちが、気持ちは同じとばかりにダッと追っていく。

同じ想いを乗せただんじりは、ものすごいエネルギーを発して一つの生き物のように駆け抜けていった。

「すげえ……！」

これがあと二十何台と続くのだ。一度見たらクセになる熱狂がそこにあった。そんな観衆を見下ろし、先導する大工方はとてつもなくカッコいい。もし切島がこの地域の生まれだったら、大工方を目指《めざ》していたかもしれない。

「…………」

青年のことを思い出し、切島は眉を寄せる。

「……行こう」

天喰に声をかけられ、切島は「……はいっ」と気合を入れ直す。今はたとえ仮でも、ヒーローとして活動中なのだ。切島はさっき見た敵《ヴィラン》の情報を反芻《はんすう》する。

「中肉中背で地味《じみ》めの顔……外見的にはなんの特徴もなし……。この激混みのなかで見つけるにはハードル高《たけ》ぇ……！」

祭りが始まってさらにどんどん人は増え、歩くだけでも難しくなってきていた。あきれたように天喰が言う。

「指名手配されてるのにわざわざ来るって、よっぽどだんじりが好きなんだな」

敵《ヴィラン》は相当のだんじり好きという情報だった。

「この盛りあがりを見たらわかる気はするけど……ん？　あっ、先輩っ」

「人ごみどころじゃない……」

人の流れに流されながら天喰は別々に探すことを提案する。了解した切島は天喰とは反対へと足を進めながら周囲を見渡す。そのときだった。

「ちょお待てや、おっさん！　人にぶつかっといてなんもなしかい！」

「わざとちゃうわ、ボケ！」

言い争う男女の声が近くでして、切島は「すんませんっ」と言いながら近づいていく。指名手配の敵《ヴィラン》を捜索《そうさく》中だろうが犯罪は見逃《みのが》せない。

「たこ焼きのソースが服についてんけど⁉」

「そんなん知るか、俺は死ぬ気でだんじり見に来とってんぞ！　ジャマすんなや！」

「ハァ⁉　ちょお誰かヒーロー呼んで！」

「はいっ！　どうかしたんスか！」

やっと近づいた切島に、若い女性とモメていた男が振り返る。

「なんもないわ、さっさと去《い》ね！」

そこには中肉中背の地味めの男がいた。

「指名手配の敵《ヴィラン》‼」

思わず叫んだ切島に、男の顔がゲッと曇《くも》ったかと思うや否や、男の体をゼリー状の膜《まく》が覆《おお》う。とっさに捕まえようとした切島の手を、つるりんっと逃れ、人ごみの上をぷるぷるんっと転《ころ》がって逃げていく。

「ゼリーの〝個性〟か！」

切島はあわてて無線で天喰とファットに呼びかけ応援を要請《ようせい》しながら、懸命に敵《ヴイラン》を追いかける。人ごみをかきわけなんとか道路に出ると、ダッと駆けだしゼリー男に追いついた。

「観念しろ！」

「くっ……こうなったら……！」

「うわっ？」

ゼリー男は目の前にいた男の子を捕まえる。切島はハッとした。男の子は青年が去年ケガをさせた子供だった。

「わぷっ⁉」

切島が驚いている隙に、敵《ヴイラン》は自分のゼリーの中に男の子を閉《と》じこめ、ポケットから取り出したナイフを向け言い放った。

「近づいたら刺すぞ！」

突然のことに母親と周囲から悲鳴があがる。だが、その後ろからなにも知らないだんじりが近づいてきた。道路に出ていた切島たちの姿に、スピードを落とし止まる。

「なん……ケン⁉」

それは青年のだんじりだった。屋根に上っているのは別の仲間で、青年は屋根の後方の一段下がった場所で人質になった男の子に気づいて愕然《がくぜん》としている。男の子は突然のことにパニックをおこしているのか、敵《ヴィラン》に捕まえられながらも、もがいて逃げ出そうとした。

「大人《おとな》しくせえ！　ヒーロー、子供の命が惜《お》しかったらわかっとんな！」

そう言うとゼリー男は人ごみの上を猛《もう》スピードでぷるるんっと転がって逃げていく。

「くっそ！」

切島はあわてて追いかけようとする。だが。

「指名手配犯!?」

「ナイフ持っとった！」

「凶悪犯がおるぞー！」

敵《ヴィラン》がいるらしいと、群衆にパニックが伝播《でんぱ》していく。とりあえず逃げようとしてだんじりが通る道路にまで右往左往しながらあふれ出た。

敵《ヴィラン》は道路からどんどん離れて、切島は人ごみに足止めされてしまった。

「すんません！　みなさん落ち着いて!!　通してください!!」

切島は声の限りに叫ぶが、パニックがパニックを呼んで誰の耳にも届かない。人ごみに流される切島の位置からは敵《ヴィラン》の姿があっというまに見えなくなった。

「どうすりゃ……！」

切島が焦《あせ》りに顔を歪ませたそのときだった。

「……ヒーロー！　敵《ヴイラン》はあそこや！」

青年が足を震わせながらも、屋根に上がって敵《ヴイラン》の逃げた方向を指差していた。

青年の叫びに、切島はなんとか人ごみをかき分けだんじりに近づく。そして、パニックで足止めされている青年たちのチームに向かってバッと頭を下げた。

「お願いします、協力してください！　このままじゃあの子を救えねえ！」

とにかく追いかけなくてはいけない。高いだんじりから周囲を見れば、あの敵《ヴイラン》に追いつく方法が思いつくかもしれない。

そう思ってだんじりにのぼらせてもらおうと切島は考えた。だが。

「……道、あければええんやな？」

だんじりの速さを知っている青年は切島の考えのさらに向こうを思い浮かべた。

青年はそう言うと、大きく息を吸って腹から声を出す。

「……お前ら、それでも大阪モンかぁ!!　だんじり見に来たんやったら、道あけてくれや！　子供の命がかかってんねんぞ!!!」

響きわたる怒号《どごう》に右往左往していた群衆が何ごとかと止まる。その勇ましい姿に、青年たちのチームも人ごみを整理しながら縄を張る。そして切島を屋根へとのぼらせた。

「頼む！　あの子、救《たす》けたってくれ……！」

思った以上の協力に切島は驚いたが、深々と頭を下げた青年の顔を上げさせて言う。

「一緒に救《たす》けましょう!!」

想いは同じ。力強い言葉に青年は頷くと、バッとかけ声とともに団扇を掲《かか》げた。青年の代わりに屋根に上っていた仲間が嬉しそうに肩を叩《たた》き、後方へと下がる。同時に準備していた引手たちが「そーりゃ！」と駆けだす。お囃子の音も相《あい》まって、群衆はだんじりの迫力にざぁっと道をあけた。まるでモーゼだ。

屋根で指揮をとる青年の姿に、「やっぱウチらの一番上はエイちゃんやで！」とだんじりに乗っている仲間や引き手たちが笑みを浮かべる。下にいる者から認められなければ決して上には立てない。支えられているからこそ上に立てるのだ。

猛スピードのだんじりの上で、切島はなんとかバランスを取る。青年はそんな切島の横で敵《ヴィラン》の姿に目をこらし、的確に方向の指示を出す。切島も無線でファットたちに方向を伝えた。

『了解やで！』

ファットに続いて天喰も応える。

『了解。それで切島くんは今どこにいるの』

「だんじりの上っス！」

『は？　キミ、いつのまに大工方になったの？』

急カーブをスピードを落とさずにギュギュッと曲がる。全員が呼吸を合わせて勝手知ったる街を駆け抜け、敵《ヴィラン》に追いついた。

「ついてくんな言うたやろがぁ！」

切島は、ふたたび男の子にナイフを向けようとする敵《ヴィラン》に向かい、走るだんじりの上から躊躇《ちゅうちょ》なく飛びかかった。一瞬の迷いが手遅れになる。体を硬化《こうか》し、敵《ヴィラン》から男の子をかばうように奪う。背中にナイフが当たったが、硬化した体が弾き飛ばした。

「くそがっ！」

切島に人質を奪われた敵《ヴィラン》は、意地でも逃げてやるとぷるるんっと転がった。だがその前にいたのは天喰。

「――逃がさない」

鋭い目でそう呟《つぶや》くと、天喰の手がイカの足に変化する。そのにゅるんとした足が勢いよく敵《ヴィラン》へと伸び、ザラついた吸盤がついた足でがんじがらめにした。

「先輩っ！」

切島が目を輝かせたそのとき、青年の「危ないっ」という声がかかる。振り向いた切島の前にだんじりが迫っていた。急ブレーキでバランスが崩《くず》れ、だんじりが切島と男の子へと倒れてくる。

「っ！」

切島が男の子を守るようにかき抱《いだ》く。だが、衝撃はやってこず、ドスンッというやわらかい音がする。目を開けた切島が叫んだ。

「ファット！」

倒れかけただんじりをファットが沈めて受け止めていた。

「また遅なってすまんな！　無事か？」

切島は男の子の無事を確かめてから、「はいっ」と返事をする。男の子は切島に「ありがと！」とお礼を言うと、ダッと青年の元に駆けだした。

「エイちゃん、カッコよかったで！　オレも将来、エイちゃんみたいな大工方になる！」

「っ……」

青年の顔が一瞬歪む。そこには言葉にならない嬉しさがあふれていた。

「エイちゃん、泣いとんぞー！」など微笑ましくからかう仲間たちに「鼻水が逆流しただけじゃ！」などと返しながら、青年は切島を見る。

「……あんたの言うとおりやな。この子にカッコ悪いとこ見せられへん」

「十分カッコよかったっスよ！」

グッとサムズアップしてみせる切島に、青年もニカッと笑った。


「なるほどなー、そんなことがあったんや」

敵《ヴィラン》を警察に渡して混雑を整理したあと、祭りは再開された。

ふたたび人ごみを歩きながら見回りをするファットたち。切島たちから事の次第《しだい》を聞いたファットは、うんうんと頷く。

「誰かのピンチにとっさに飛び出していけるヤツもおる。でもな、飛び出していけなかったとしても、それはしゃーない。誰に責《せ》められることでもないわ」

「でも……」

しかたないということではすまされないときもある。そう言いたげな切島の顔を見て、ファットも真剣な顔になった。

「そうしたくてもできなかった。でも時間は戻らへん。過ぎた時間から進むしかないんよ、人間は。いっぱい後悔《こうかい》したんやろ、切島くんは」

「……はい」

「ならそんときの気持ちを忘れんとき。自分が情けなくてしゃーなかったときも、怖ぁて動けんかった弱さも、それが自分の土台になるんやで。しっかりした土台やないと、踏ん張れへんやろ？　小さな自分を大きく見せることはできん。カッコつけられる人は、ほんまにカッコええから、カッコがつくんやで」

ファットの言葉に切島が目を見開く横を、歓声の波がやってくる。威勢のいい掛け声と賑《にぎ》やかなお囃子の音とともに青年のだんじりが通り過ぎていく。

その顔は一歩踏み出した誇らしさで輝いている。青年の足はもう震えていない。

「――はいっ」

その顔に切島は勇気をもらった気がした。改めて、自分も一歩踏み出せる漢になると誓う。

芦戸や、ニュースで見た名前も知らない少年のように。

もしかしたらその少年もヒーローを目指しているかもしれない。ならばいつか会うこともあるかもしれない。その少年にも誇れる自分になろうと切島は思う。

切島は、その少年が同じクラスにいることをまだ知らない。

Part《パート》.2

準備

治崎《ちさき》が率《ひき》いていた死穢《しえ》八斎會《はつさいかい》による、〝個性〟を消すクスリによって世の中を支配するもくろみは、クスリの原料として治崎が利用していた女の子・エリを救出、保護する作戦によって失敗に終わった。無事エリを保護できたが、その代償《だいしょう》としてサー・ナイトアイを失い、ミリオの〝個性〟が消され、数少ないクスリの完成品を敵《ヴィラン》連合の死柄木弔《しがらきとむら》たちの襲撃によって奪われた。

あまりに大きな代償に、警察への非難と、ヒーロー社会への不満が世間に募《つの》っていくのは無理からぬことだった。

そして、感情をかき乱された季節は嘘《うそ》のように静かに移りゆき、風の肌寒さが酷暑《こくしょ》の傷を慰《なぐさ》めるようにやってきていた。

生物の構造そのものを巻き戻す〝個性〟をコントロールできないエリは病院に隔離《かくり》されていたが、エネルギーの放出源であるらしい額《ひたい》にある角《つの》は現状落ち着いている。とはいえ、いつまでも病院で隔離というわけにもいかないので、引き取り先を検討している最中だった。その候補の一つに雄英《ゆうえい》高校があがっているのは、ほかでもない相澤消太《あいざわしょうた》がいることが大きい。今のところただ一人、有効な〝個性〟である抹消《まっしょう》を持っているからだ。

エリの〝個性〟がいつまた暴走してしまうかは誰にもわからない。相澤は合間《あいま》を見ては面会に来ていた。

「あの……」

「なんだい？」

体をもてあます大きなベッドの上で、ちうちうとジュースを飲んでいたエリが相澤をうかがうように見た。

「……デクさん、どんな踊りするの……？」

その日にはかすかな期待の色が浮かんでいる。

六歳の女の子が経験するには重すぎる過去は、すぐに消えるものではない。突然変異の〝個性〟が発現してから、ずっと過酷《かこく》な日常を送ってきたのだ。

けれど、出久《いずく》の発案でエリを文化祭に連れていくことになった。突然、文化祭当日では驚いてしまうだろうとつい先日、雄英高校を見学に訪れたあとから、エリに少しずつ変化が見られるようになった。自分より年上のお兄さん、お姉さんたちが、文化祭というお祭りに向けて一生懸命楽しそうに準備している光景は、傷ついた心に小さなワクワクの種《たね》を植えつけた。発芽するかどうかは、出し物の出来にかかっている。

「……当日までのお楽しみだよ」

相澤がそう言うと、エリは納得したのか、自分に言い聞かせるように「そっか……お楽しみだ」と真剣な顔で小さく何度も頷《うなず》く。

学校をあけることが多くなった相澤だったが、生徒たちががんばっている様子《ようす》は耳に入ってきていた。ほかのクラスの反応などの心配は多少はあるが、出し物の出来自体は心配していない。誰かのためでも、自分たちのためでもいい。精いっぱいやりきれば、誰かの心に届くはずだ。

数日後の日曜日。全寮制になってから、雄英高校では休日でも生徒たちの賑《にぎ》やかな声が絶《た》えることはなかったが、ここしばらくはいつも以上に騒がしい。文化祭が近づくにつれ、準備は時間との勝負なので、休日は朝から晩まで賑やかな声と作業する音がやまない。

とくに快晴の今日は、絶好の準備日和《びより》だ。

校舎近くの庭で、普通科の1年C組も出し物であるお化け屋敷『心霊迷宮』作りに全員で精を出していた。

「心操《しんそう》、ここ押さえてー」

「いいよ」

柱に釘《くぎ》を打とうとしているクラスメイトに言われ、心操人使《ひとし》は片づけようとしていた木材をいったん置いて近づき、柱につけようとしている柱時計を支えた。カンカンと釘を打ちつける振動が心操の鍛《きた》えられた腕をわずかにくすぐる。

「ねー、みんな。柱時計、この位置で大丈夫《だいじょうぶ》か？」

つけ終えた柱時計をみんなでわらわらと確認する。古い屋敷の設定の中で、柱時計は少し綺麗《きれい》すぎて浮いていた。

「この時計から赤ちゃんの泣き声出すんなら、もう少し古めかしくしといたほうがいいんじゃないか？」

心操の言葉に、ほかのクラスメイトも「あーそうだな」などと頷いた。

「ダメージ塗料《とりょう》まだあったたっけ？」

「いや、もうない」

「あ、教室に一個あるわ」

「なぁ、この時計の少し手前の廊下にさ、赤ちゃんの手形つけといたら怖《こわ》くねぇ？　赤いペンキで！」

「怖《こえ》え！　絶対ビビるわ！」

「なら柱時計の向こうの廊下とか壁にも、いっぱい手形つけようよ！　エキセントリックに！」

「いいねー！　ヒーロー科のヤツら泣かそうぜ」

「ひらめいた！　血染《ちぞ》めのおむつも置こうぜ！」

「それ怖いかぁ？」

笑い合うＣ組の仲間たちを見ながら、心操は一人、不要になった木材を持ち直した。

「ペンキ、ゴミ捨てついでに取ってくる」

「ありがとなー」などの声を背で受けながら、心操は黙って歩いていく。

いつもと変わらないクラスの馴染《なじ》んだ空気に、ほんの少しの後ろめたさを感じはじめたのは編入希望届を出したあとからだ。

いつ言おうか、それとも編入が決まってからでも遅くはないか――。

心操は自分の〝個性〟である洗脳《せんのう》が、ヒーロー向きではないことは自覚していた。それでもヒーローになる夢をあきらめず、雄英高校を受験した。けれど機械相手の実戦形式の試験では〝個性〟を発揮できず、ヒーロー科は落ちた。それを見越して普通科も受験していた。成績次第ではヒーロー科への編入も許可されるからだ。

体育祭での活躍でヒーロー科への編入希望を認めてもらえた。だが、あくまで希望を認められただけで編入を許可されたわけではない。初めからヒーロー科で訓練に励《はげ》んできた生徒たちとは大きな差がある。同等に訓練できるようになるまで自力で〝個性〟を鍛えなければならない。自分と似たものを感じたのか、相澤がその訓練に協力していた。

これはめったにないチャンスなのだ。死にものぐるいでつかんでみせる。

けれど、そう思いながらも、その裏では常《つね》に不安がつきまとっていた。

心操は青い空を見上げ、息を吐く。涼しい風が薄い雲を流していった。

本当にヒーロー科に編入できるだろうか。

一歩踏み出した足は、どこに着地するのだろう。どっちつかずの自分はまるで風に流される雲のようだ。このまま、流されて見えなくなりそうで怖い。

自信のなさから、クラスメイトたちに編入希望を出したことをまだ言えずにいる。

弱気になっている自分に気づき、心操は小さく首を振ってふたたび歩きだす。

「先生方のバルーンの配置、これで合ってるよね？」

「看板の文字間違ってるよー!?」

「一番収益が上がるのは、やっぱり屋台だと思うんだよ」

「1年A組、バンドだって？」

「ミスコン、やっぱ絢爛崎《けんらんざき》さん三連覇《れんぱ》かねー」

「先生たちの出し物、今年ないんだー。楽しみにしてたのになー」

敷地内のそこかしこから作業しながらの生徒たちの会話が聞こえてくる。校舎内の浮足《うきあし》立《だ》つ空気はこれから当日に向けてどんどん濃密になっていくのだろう。

どこの学校でも文化祭は生徒たちの息抜きだ。勉強だけでは学べないこともある。

心操はそんな風景を見渡しながら、ふと考える。

C組のみんなと一緒にやる、最初で最後の文化祭になるかもしれないのか。

「…………」

また寄ってきそうな弱気の気配を心操は、無表情のまま歩き振り払う。考えたってしかたのないことを考えるより、やるべきことをやるだけだ。

とにかく先にゴミを捨てにいこうと、校舎の裏にあるゴミ捨て場へと歩く。だが、中庭に出たところに大きなドラゴンがいた。もちろん作り物だが、人が乗れるほど大きい。

（……あぁ、たしかB組は劇やるんだったな）

B組の生徒たちがドラゴンの顔や、城や岩場などのセットに色を塗《ぬ》っている。

「物間《ものま》、もういいんじゃねーの？　もうリアルさは追求したろ？」

「リアルさはね。次は迫力を追求するんだよ」

もう立派なドラゴンになっているが、それだけでは物間寧人《ねいと》は満足していないようだ。その近くであきれたように言った泡瀬洋雪《あわせようせつ》の肩を鉄哲徹鐵《てつてつてつてつ》が「まぁいいじゃねーか」と叩《たた》いた。

「そういうこだわりは大事だよな！」

「わかってるじゃないか、鉄哲」

物間はそう言いながら、刷毛《はけ》で塗ったとは思えぬ繊細《せんさい》さでドラゴンに大胆に陰影《いんえい》をつけ仕上《しあ》げていく。今にも動きだしそうなドラゴンが完成した。

「おおー、いいじゃん！」

その近くで岩を塗っていた取蔭切奈《とかげせつな》も感嘆《かんたん》の声をあげる。その反応に気をよくしたのか、物間は「ハハハハハ！」と高笑いして続けた。

「今にもA組を食らうようなドラゴンだろう⁉　バンドかダンスかパリピ空間だか知らないけど、文化祭といえば演劇が王道中の王道‼　話題をかっさらうのは僕らB組さぁ‼!」

なにか病名のつく精神状態なんじゃないかと思うほどの鬼気迫《ききせま》る物間の横を、少し離れて心操は通り過ぎる。

（もし編入できたらクラスメイトになるかもしれないのか……）

相澤が訓練に協力してくれているから、もしそうなったときはA組の可能性が高いが、

Ｂ組の可能性もある。

気が早いかと思いながらしばらく歩いていると、開けた場所でダンス練習しているグループを見かけた。Ａ組の芦戸《あしど》に、お茶子《ちゃこ》、梅雨《つゆ》、そして浮いた服で葉隠透《はがくれとおる》がいることがわかる。その近くで休憩《きゅうけい》しているのは切島《きりしま》、峰田実《みねたみのる》、瀬呂範太《せろはんた》、砂藤力道《さとうりきどう》、障子目蔵《しょうじめぞう》、口田《こうだ》甲司《こうじ》だ。

「信じられねー職務怠慢《たいまん》だ！」

一人憤慨《ふんがい》する峰田を、切島がまぁまぁとなだめる。

「そんなに怒んなよ。先生だって故意に……まぁ隠してたけど」

「ミスコンの開催なんて、台風で休校になるかならないかくらい重要なお知らせだろうが‼　断固、オイラは抗議する！」

「先生の一睨《ひとにら》みですぐ大人《おとな》しくなったくせに」

怒《いか》り冷《さ》めやらぬ峰田を瀬呂がからかうと、峰田はうぐっと顔をしかめた。その隣から砂藤が言う。

「あんときの先生、怖かったよなぁ？『出し物一つ決めるのに時間かかったお前らに、ミスコンのこと教えたらまたムダな時間がかかるだろうが』」

真似《まね》をしているのか、カッと目を開きながら言う砂藤。瀬呂もそれに続く。

「『わかったか、峰田』」

「やめろぉ！　またチビったらどうしてくれる！」

「またもらしたのか？　峰田」

「障子！　オイラをおもらしキャラにすんじゃねぇ！」

障子に抗議する峰田の近くで口田もそのときの相澤を思い出したのか、ぶるっと大きな体を震わせた。

耳に入ってくる話に、心操は内心首をかしげた。訓練中の相澤は厳《きび》しいが、まだそこまで本気で叱《しか》られたことはない。叱られていることにわずかなうらやましさを感じるのはどうしてだろう。

「峰田、油売ってないで練習するよ！」

「峰田くんの見せ場なんやから！」

女子だけで段取《だんど》りを確認していた芦戸とお茶子が峰田を呼ぶと、峰田は一転、満足そうな笑《え》みを浮かべた。

「まず見本みせてくれよ、オイラのハーレムダンサーズ。まず全体像を把握《はあく》しねーとな」

「じゃあ見ててよ？」

芦戸のリズムに合わせて女子たちが踊る。峰田を中心にして、峰田を引き立たせるキュートなダンスに男子たちが「いいじゃん」と声をあげた。だが、峰田は不満そうな顔で口を開く。

「まだまだ甘い！　ハーレムだぞ？　もっとハーレムっぽい振りつけにしろよ」

「ハーレムっぽい振りつけ？」

口の下に指を当て、きょとんとする梅雨。峰田が女子たちの前に出る。

「全員オイラに惚《ほ》れてる感じでうねうねと体をこすりつけるような振りつけだよ！　もちろん本番の衣装はきわどいスケスケだ！　ようし、オイラが今から見本を――！」

変質者の見本のように息荒く血走った目で近づいてくる峰田を、梅雨が舌で確保し地面に叩きつけた。

「もう！　隙《すき》あらばだね!!」

プンプンと怒っているらしい葉隠。芦戸もぷんすかと詰め寄る。

「エロばっか考えてるなら、ハーレムパート削《けず》っちゃうよ!?」

「モウニドトエロイコトハカンガエマセン」

「棒読みの見本！」

ブプーッと吹き出すお茶子の声を背で聞きながら、心操は思った。

（峰田《アイツ》、いつかセクハラで退学になるんじゃないか……？）

　そんな心配をしながらゴミを捨て、ペンキが置いてあるだろう教室に向かう。休日は基本、校舎には立ち入れないが、文化祭の準備のため特別に開放していた。

　通りかかった教室からふと声が聞こえてきた。ドアの窓から見えたのは、ドラムやキーボードやギターなどの楽器と、A組の爆豪《ばくごう》、上鳴電気《かみなりでんき》、常闇《とこやみ》、耳郎響香《じろうきょうか》、八百万百《やおよろずもも》だった。休憩中なのか八百万がみんなに水筒《すいとう》から注《つ》いだお茶を配っている。

「ふへー、ホッとするわ～」

　などと言いながら味わう上鳴の横で、爆豪はなんの感傷もなくカッと飲《の》み干《ほ》す。

「爆豪、もっと味わえよ。高級なお茶だぞ？」

「茶は茶だろうが！　昨日《きのう》のヤツより甘《あめ》え」

「まぁ、さすが爆豪さん。違いがわかりますの？　今日のダージリンはセカンドフラッシュで、昨日のはファーストフラッシュでしたの」

「セカンドとファーストって何が違うの？」

　耳郎に聞かれて八百万は「セカンドが夏に摘《つ》んだ茶葉《ちゃば》、ファーストが春に摘んだ茶葉ですわ」と答えながら、別の水筒から注いだ飲み物を渡す。自分だけ別なのを渡され、不思議そうな顔をする耳郎に八百万は微笑《ほほえ》んだ。

「油分が喉《のど》の粘膜《ねんまく》を保護してくれるミルクティーにしてみましたの。昨日、少し喉を気に

MY HERO ACADEMIA
僕のヒーローアカデミア
雄英白書

されてましたでしょう?」

「ありがと……うん、おいし」

美味《おい》しそうに頬《ほお》を緩《ゆる》ませる耳郎を見て、八百万も自分の喉を潤《うるお》す。少し離れてコードを確認していた常闇が、「ん?」と反応すると体から黒影《ダークシャドウ》が出てきて叫んだ。

「フミカゲ、俺もなにかやりタイ!」

「黒影《ダークシャドウ》、昨日言っただろう。ステージは眩《まぶ》しい照明が当たる。お前が一番嫌いなところだぞ」

「でも俺だけナニもしてナイ! 俺もヤル!!」

「いーじゃんやれば。三人でギターやる?」

軽い調子で誘う上鳴に、耳郎が少しあわてた。

「それはちょっとバランス悪いかも。ベースなら……?」

「いや、細かな指使いは相当練習を積まねばならない。今からじゃとても間に合わないぞ」

常闇から諭《さと》すように言われ、黒影《ダークシャドウ》はムウゥッと顔をしかめた。

「でもやりタイ! みんなと一緒に文化祭しタイ……!!」

ぐずる子供のような黒影《ダークシャドウ》に、常闇たちが困った顔をしたそのとき、爆豪が「うるせえ！」と一喝《いっかつ》した。

「やりてえから騒《さわ》ぐなんてガキか！　ガキはガキらしく何か叩いとけや！」

その言葉に耳郎がハッとした。

「打楽器……あ、じゃあシンバルは？　それなら簡単だし、いいアクセントになるかも」

「シンバル……ヤルー！」

八百万が「ちょっとお待ちになって」と〝個性〟の創造《そうぞう》で出したシンバルを渡すと、黒影《ダークシャドウ》はバシャーンと嬉《うれ》しそうに叩いた。爆豪は「ケッ」と毒づきながら言う。

「俺のジャマだけはすんなよ」

「任《まか》セロ！」

バシャーン、バシャーン、バシャーン！　と嬉々《きき》として鳴らされる音に、「うるせえ！」という爆豪の怒鳴《どな》り声《ごえ》を聞きながら、心操は教室へと入っていった。

（爆豪《アイツ》、体育祭のときより少し丸くなったような……？）

そんなことを思いながら、ペンキを持ち教室を出る。校舎を出る頃には、バンドの練習を再開したのか演奏する音が聞こえてきた。何度もつっかえては最初から始まる。

小さくなっていくその音を聞きながら、心操はふと不思議に思った。

受験する前は、休日に勉強以外のことにこんなに真剣に取り組むなんて考えもしなかった。雄英に入ったら、ヒーロー科にもし合格できたら、きっとヒーローになるための勉強や訓練で休む暇もないんだと思っていた。

もちろん雄英の授業は厳しい。ヒーロー科はもっと厳しいだろう。けれど、学校行事は厳しいものばかりではなく、こうして楽しむための行事も催《もよお》してくれる。

みんな普通の高校生なんだな。——俺も含めて。

憧《あこが》れが強すぎて見過ごしていた当たり前のことに、心操は改めて気づいたような気がした。

そんなことを考えながら庭へと続く校舎の角を曲がろうとしたとき、向こう側から声が聞こえてきた。

「では、白いといえば？」

「ごはん！」

「白く輝く雪原のような僕の肌☆」

聞き覚えのある声に心操は思わず息を潜《ひそ》めた。そしてそっと盗み見るように覗《のぞ》いた先にいたのは、緑谷《みどりや》出久。

「青山《あおやま》くん、白く輝く肌って！　そんなの思い浮かばないよ〜！」

「緑谷くん、君こそ僕がごはんと答えると思ったのかい？　僕はいつもパン食だよ☆」

そう答えた青山優雅《ゆうが》に苦笑するのは尾白猿夫《おじろましらお》。

「さっきから一個も当たんないね」

飯田天哉《いいだてんや》と轟《とどろき》もいる。円座《えんざ》になって休憩《きゅうけい》しているようだ。

（こんなとこで連想ゲーム？）

気にせずそのまま通り過ぎればいい。そう思いながらも、心操はその場から動こうとはしなかった。体育祭で〝個性〟を使って利用した相手がいる。

あのとき、自分にとって勝《か》ち筋《すじ》の見える戦い方がそれしかなかったのだ。後悔《こうかい》はしていない。それでも罪悪感がなかったといえば嘘になる。

そして、自分が負けた相手。解《と》かれるはずがない洗脳を解かれて、足掻《あが》いたけれど結局力負けした。負けたあと、必ずヒーローになると宣言した俺に、警戒することもなく返事をするお人よし。

編入希望が通ったときは、これで一歩近づいたと思った。けれど、訓練を積んでいくにつれて、見える現実に焦《あせ》りだけが募《つの》った。そして焦りは不安を呼んだ。

ヒーロー科のヤツらは、全速力ではるか先を走っているから。

心操は壁にもたれながら、ペンキ缶の持ち手をきつく握りしめた。

「では、もうちょっと具体的な出題にすればいいのでは？　たとえば……好きなヒーローとか」

飯田の提案に出久以外、いっせいに真顔《まがお》で「それは問題にならない」とツッこむ横で、出久は一人「オールマイト!!」と鼻息荒く答える。

「緑谷と青山の息を合わせるんなら、普通に練習したほうが早《はえ》えだろ」

率直《そっちょく》な轟の意見に、「それもそうだ」と頷く出久たち。

「僕を華麗《かれい》に回してね☆　僕の輝きが会場中に行き渡るように☆」

「うん、がんばるよ！」

（A組はたしかバンドだったよな……？）

いったい、どんな出し物になるんだ？　と、心操が首をひねる。

そんな壁の向こうでは意気ごむ出久を見て飯田がバッと立ち上がった。

「俺もダンスをがんばらなくては！　見てくれ、みんな！」

動きの固い飯田は、芦戸にその固さを買われてソロパートでロボットダンスを披露《ひろう》することになった。ガッション、ガッションとぎこちない動きがまさにロボットのようだ。

「すごいよ、飯田くん！　カッコいい！」

「ありがとう。しかしもっと本番に向けてブラッシュアップしなくては」

「あ、それならサポート科のロボット見れば参考になるんじゃないか？　ほら、体育祭のときに飯田と当たった発目《はつめ》さんとか――」

「いや！　それには及ばない!!　自分でロボットになりきってみせる！」

思いついた尾白の言葉を速攻で遮《さえぎ》る飯田。飯田には体育祭で発目明《めい》の発明品の宣伝に利用されたり、スーツの改良でなぜか腕にブースターをつけられ、天井に激突させられたりと苦《にが》い思い出しかない。

尾白が穏《おだ》やかな顔で、それにしても、と続ける。

「同じ祭りでも、全然違うね。体育祭と文化祭」

「体育祭はお祭りっていってもほぼ戦いっぱなしだもんね」

出久がうんうんと頷く横で、飯田が思い出すように言った。

「障害物競走に、騎馬戦《きばせん》に、ガチバトルトーナメント……あ、そういやここにいる全員、ベスト16に残ったな」

ガチバトルトーナメントに出場できるのは、騎馬戦で点数が高かった上位一六人。それを思い出したのか尾白が苦笑《くしょう》する。

「俺は辞退しちゃったけどね」

「あぁ騎馬戦で心操くんに……」

突然出てきた自分の名前に心操の心臓が跳《は》ねる。

そんなことに気づきもしない青山が「僕はやったけどね☆」と尾白にウィンクする。なんと声をかけようかと考えている出久に、尾白は少しだけあきれたように笑った。

「それより緑谷、せっかくアドバイスしたのに、開始直後にかかっちゃったろ。洗脳《せんのう》」

後悔など微塵《みじん》もなさそうな尾白の声色《こわいろ》に、心操はわずかに眉《まゆ》をひそめる。せめてなじってくれるようなヤツだったなら、罪悪感を感じずにすんだのに。

「うん、つい……」

尾白に釣《つ》られるように出久も苦笑する。そして続けた。

「本当焦ったよ。強力だもんね、洗脳《せんのう》。本当……ヤバかった。洗脳《せんのう》なんてなかなかない〝個性〟だもんね。敵《ヴィラン》に答えさせるだけで一発で動きを止められるし、そのまま捕《つか》まえることだってできる。……いやでも救助する場面でも役に立つかも？　たとえば突然の事故とかでパニックになってる人だって救《たす》けられる！　心が落ち着くって、ひとそれぞれだけど時間が必要だよね。でも急がないと危なかったりするときに落ち着いて行動させるなんて無理だよ。そんなときに洗脳《せんのう》だったら……うんやっぱりすごい〝個性〟だな！」

「――っ」

途中からブツブツと分析考察モードになった出久の声に、心操はグッと唇《くちびる》を引《ひ》き締《し》めた。

敵《ヴィラン》向きだと言われ慣れていた〝個性〟を、こんなふうに考えるなんて。

――自分と同じように、考えてくれるヤツがいるなんて。

どんなに敵《ヴィラン》向きの〝個性〟だと言われてもヒーローに憧れたのは、自分の〝個性〟で人を救《たす》けられると思えたから。

悔《くや》しさと嬉しさが混じった感情に、言いたくない言葉が口から出てしまいそうでいやだった。ありがとうなんて言ってしまったら、俺はこれから踏ん張れない。

せっかくわかったんだ。

踏み出した足の着地したい場所。着地したその場所で、俺は超えてみせる。

緑谷出久のなかの自分を。

無理やり強気な笑みを浮かべて心操は静かに踵《きびす》を返した。次に会うときは、もっと力をつけた自分でいたい。

だから、今はまだ。

心操が去っていく壁の向こうで、出久たちは体育祭の思い出話に興《きょう》じていた。

「緑谷と轟の戦いもすごかったよな」

「うん、全力だったのに……！」

悔しそうな出久を見て轟は、少し考えてから口を開く。

「……俺は勝ったけど、勝った気しねえ。だから次も勝つ」

轟の言葉に全員きょとんとしたが、当の轟はごく当たり前のことを言ったような顔をしている。説明する気はないと察した出久が、その宣言を受け止めた。

「僕も今度こそ勝つよ！」

拳《こぶし》を握り鼻息荒くそう言った出久に、飯田も感化されたように握った拳をブンブンと上下させて言う。

「俺だって君たちには負けないぞ！」

頷き合う三人に尾白があきれたような顔で口を挟《はさ》んだ。

「ちょっと俺らのこと忘れるなよ？　一対一の闘いなら自信ある」

「僕だっていろいろ新技《しんわざ》駆使《くし》するからね？　眩しくてきっと目を開けられないよ☆」

続いた青山に、全員笑顔で挑戦を受け止め合う。

切磋《せっさ》琢磨《たくま》する来年の体育祭も、きっと今日のように晴れているだろう。


「どのくらい進んだんだ」

「相澤先生」

心操が遠回りしてC組が作業している庭へ歩いていると、偶然通りかかった相澤に声をかけられた。持っていたペンキを見て、お化け屋敷の進捗《しんちょく》状況を尋《たず》ねられたとわかった心操は、「半分くらいです」と答える。相澤は「そうか」と軽く頷き、続けた。

「自主練《じしゅれん》もしてるだろうな？」

文化祭の準備や、病院への訪問で訓練の時間は限られている。なので最近は作業が終わってから自主練していた。

「はい。一秒もムダにできませんから」

短い返事の中に、心操は揺るぎない決意をこめる。そんな変化を感じたのか、相澤はわずかに目を丸くし、「そうか」とだけ答えて背を向けた。だが、そのとき、騒がしい一団がやってきた。

「ニャー！」

「ダメ！　もっと猫っぽく！　小悪魔的に！」

「ニャアアン！」

「次はもっと野良猫っぽく！　キュート&ワイルドに！」

「ニャギャン‼」

「あっ、相澤先生、こんにちは！」

先導している一人の生徒が相澤に気づくと、そのあとに続く猫耳に猫柄《がら》っぽい全身タイツで猫の鳴きまねをしていた集団が揃《そろ》って挨拶《あいさつ》をした。

「こんにちニャー！」

「はい、こんにちは」

通り過ぎていく猫マネ集団を見送る相澤の隣で、呆気《あっけ》にとられる心操が「なんですか、今の」と聞く。

「2年のクラスの出し物だよ。人間を猫に見立てた猫カフェをやるんだと」

猫になりきる特訓中なのだろう。おもしろい試《こころ》みだが、見ようによってはリアルさを追求しようとすると妙な迫力ばかりが目立ってしまう。

「……猫は猫だからかわいいのに」

ボソッと呟《つぶや》いた心操の言葉に相澤は無言で頷く。実は二人とも猫好きだった。

「小さい女の子も猫好きのはずだよな……」

「小さい女の子？」

「いや、服の話だ」

じゃあなと相澤は行ってしまった。

（小さい女の子の服？）

疑問ばかりが残った心操だったが、ペンキのことを思い出し、足早にクラスメイトたちのいる庭へと急ぐ。

心操は、到着したら、みんなに編入希望届を出したことを言おうと決めていた。

自信はないし、不安をなかなか追い払えない。けれど、それでも絶対に叶《かな》えたい夢があるから、宣言することで退路を断《た》つ。

そう思ってやってきた心操。だが、みんな休憩中なのかワイワイと集まってなにやら話していた。

「やるなら文化祭後かな、やっぱ」

「だな。打ち上げ準備と見せかけてなら、心操にもバレないだろ」

（俺……？）

クラスメイトたちは心操が戻ってきたことには気づかず話し続ける。心操は思わずお化け屋敷の壁に隠れた。

「しかし、まったくアイツはいつ話すのかね？　編入希望出したこと」

「とっくにバレてんのになー」

「心操、あぁ見えてけっこう気ィ遣《つか》いだからね」

とっくに知られていたことに心操は驚き、一人わずかに頬《ほお》を赤らめた。知られてないと思っていたのは自分一人なんて間抜けすぎる。

「だから発破《はっぱ》をかけるために、激励《げきれい》パーティやるんじゃねーか」

「俺ら、普通科の星にな」

聞こえた言葉に心操は息を飲み、また唇を引き締めた。

(――十分、発破かけられたよ)

近いうちに言ってしまうだろう言葉を飲みこんで、心操は決意を新《あら》たにする。

(絶対に、ヒーロー科に入ってみせる)

自分と同じようにヒーロー科に落ちて普通科にいる生徒もいるのに、背中を押そうとしてくれている仲間がいる。託《たく》された想いの重さは、きっと自分の糧《かて》になる。

心操は空を見上げた。雲は見えない。けれど、その行方《ゆくえ》は気にならなかった。

青く澄んだ空はどこまでも広がっている。

「――みんな」

そう言って、心操は仲間のもとへ踏み出した。

近いうちに離れるだろう、名残惜《なごりお》しさを感じるくらい心地の良い空気の中へ。

Part《パート》.3

『ロミオとジュリエットと アズカバンの囚人 〜王の帰還〜

「ただいまより、1年B組による超スペクタルファンタジー演劇『ロミオとジュリエットとアズカバンの囚人～王の帰還～』を上演いたします」

ざわついていた会場は、アナウンスと響きわたるブザーの音に吸いこまれたように静かになった。やがて照明が落ち、暗闇《くらやみ》のなかステージを隠していた緞帳《どんちょう》が音もなく上がる。会場の期待をあおるような静寂《せいじゃく》の間《ま》ののち、パッとステージが照明に照らされた。

B組の劇の開幕だ。

「……あぁ、すがすがしい朝！　やっと眠りから覚《さ》めた太陽が照らす我が国ゴンドールはなんと美しいのだろう！」

城のテラスを模《も》したセットで、王子の衣装を着た物間《ものま》が眩《まぶ》しそうに会場を見渡していると、ドアの書割《かきわり》の後ろにスタンバイしていた庄田《しょうだ》二連撃《にれんげき》と泡瀬《あわせ》がやってくる。

「ロミオ王子、そのように薄着でテラスに出られては風邪《かぜ》を召されますよ」

「王様から叱《しか》られるのは、お付きの者である我ら二人なのですから」

二連撃と泡瀬の格好《かっこう》はお付きの者らしくシンプルな中世ふうのシャツとズボンだ。物間は二人のほうへわずかに振り向く。

「フロドにサム。ハハハ、父である王から叱られたら王子である僕がかばってやるさ。だからそんな他人行儀《ぎょうぎ》はよしてくれ、身分を超えた友人だろう？　なにせ昨夜もお忍びで街の酒場へ繰《く》り出《だ》した仲じゃないか！」

「ロミオ王子！　それこそバレたら打ち首どころではすみません！」

「王子が下々《しもじも》の暮らしを知りたいと言い、半《なか》ば脅《おど》して案内させたのではありませんか！」

「それでも僕たちは共犯さ。一蓮托生《いちれんたくしょう》、友人というより悪友かな？　ハハハハ！」

響きわたる物間の笑い声に、会場の観客たちがチラホラと笑《え》む。

その様子《ようす》を上手《かみて》舞台袖《そで》で見ていた舞台監督の骨抜柔造《ほねぬきじゅうぞう》がホッとしたように息を吐いた。

「よし、そのままいってくれよ……」

舞台監督とは舞台を作るうえでのすべての責任者である。裏方として舞台のすべてを把《は》握《あく》し、上演中はきっかけなどを出したりと、広い視野と冷静な思考を必要とする重要なポジションだ。『ロミオとジュリエットとアズカバンの囚人～王の帰還～』の脚本や演出は物間を中心としてみんなでまとめあげたものだ。表に立つ者、裏方で支える者、両方いなくては舞台は成り立たない。

舞台袖の奥では、セットチェンジで使うセットの書割や小道具、衣装などがところ狭《せま》しと置かれており、裏方や出番を待つキャストが舞台袖からこそっと舞台を見守っている。

「しかしアレだな。シナリオでは気さくな王子のはずなのに、演技もそれっぽいのに、物間の性格知ってるからか、どうしても腹黒《はらぐろ》王子に見える」

骨抜のとなりで舞台監督助手の回原旋《かいばらせん》が言うと、大道具の円場硬成《つぶらばこうせい》が「それな」と同意した。

「でも堂々としてていいじゃねえか！」

「鉄哲《てつてつ》っ、小声っ‼」

ワクワクした様子で見ていた鉄哲がいつもの声の大きさでしゃべってしまい、みんなからいっせいに注意されるが、あわててまたいつもの大きさで「あっスマン！」と言ってしまい、自分で自分の口を押さえる。本番前、みんなから舞台袖では小声でしゃべるように言われていた鉄哲だった。

「出番までマスクでもしとく？」

鉄哲の役はロミオの宿命の敵であるパリス伯爵《はくしゃく》で、出番はまだまだ先だ。マスクをすることで口を意識し、小声でしゃべれるだろうと思って骨抜がそう提案すると鉄哲はブンブンと首を振って、精いっぱいの小声で言った。

「それには及ばねえ……俺はやればできる男だぜ……」

「頼むね？」と言う骨抜の近くで、そのまま舞台に出られそうなフリフリの服を着ている衣装兼《けん》メイクの小森《こもり》希乃子《きのこ》が無邪気《むじゃき》に笑った。

「でもやっぱ物間、舞台に映《は》えるね！」

「………」

そんな小森を暗がりからじっと見つめて、声をかけたそうにしていた小道具の黒色《くろいろ》支配《しはい》だったが、一人そっと「とこしえの闇こそ俺の舞台……」と呟《つぶや》き、小道具の古びた紙を持つ。

注目を浴《あ》びてこそ輝くタイプがあるとするなら、それは物間だ。だからこそ注目をかっさらっていくA組に、何かにつけからんでいく。もちろん、B組が大好きだからこそ、B組よりA組が注目を浴びているのを納得できないからでもある。

注目を浴びたいタイプは、常《つね》に背筋《せすじ》が伸びて姿勢がいい。堂々とした振る舞い、人の心を動かす言動と声色《こわいろ》を自然と計算している。物間が舞台映えするのは当然だった。

「では、父上に朝のご挨拶《あいさつ》をしてくるとしよう」

舞台上の物間はそう言って舞台袖へとはけてくる。

「いい調子だな」

「まあね」

骨抜の声に物間は笑み、舞台を振り返る。またすぐに戻らなくてはならない。舞台上では二連撃と泡瀬がロミオについて語っていた。

「まったく、王子にも困ったものだ。もうすぐこのゴンドール王国の正式な王位継承者として国内外に御触《おふ》れを出すというのに」

「気さくなところは民《たみ》に親しまれることだろう。しかし、国を統《す》べるには、まだあの方は幼《おさな》すぎる……」

「しかし我が王は、まだまだご健在。その間にロミオ王子も次期国王としての器《うつわ》を育てていただかなくては……」

舞台袖の物間が演出家として二人の演技を見て満足そうに頷《うなず》く。

「うんうん、二連撃は心配性《しんぱいしょう》な演技に磨《みが》きがかかってるね。泡瀬もあきれた感じ、堂に入ってるじゃないか」

二人の演技はA組にアグレッシブすぎる物間に対する本心が役立っていると思う骨抜だったが、それは心にしまっておくことにした。台本上ではロミオこと物間が王の失踪《しっそう》に気づき驚きの声をあげるのだ。黒色が持っていた紙を物間に渡す。

「ケヒヒ、王の手紙だ」

「ありがと」

物間が紙を受け取ったのを横目で確認しながら、骨抜は二連撃と泡瀬の演技のタイミングを見て物間に合図を出す。

「父上!? 父上ー!?」

骨抜のきっかけに合わせ叫《さけ》んだ物間は、間をはかってからバッと舞台へと飛び出していく。

「大変だ……父上が……王が失踪された……!!」

下手《しもて》舞台袖から音響の吹出漫我《ふきだしまんが》がバーン！ とショッキングな音を出すのに合わせ、舞台上で三人がフリーズする。

舞台音響とは心理描写に合わせた効果音を出したり、良きところでBGMを流したり止めたりなどするポジションだ。無線でタイミングを出していた骨抜が「バッチリ」と伝えると、吹出は「まぁ口で出したほうが早いんだけどね」と悪びれず返す。吹出の〝個性〟はコミック。擬音《オノマトペ》を具現化《ぐげんか》できるのだ。だが具現化した効果音などを出せば擬音《オノマトペ》だけで舞台が埋まってしまう。それを聞いた骨抜が苦笑した声で「……ナレーション」とタイミングを出すと、「はーい」と吹出は事前に録音しておいた物間のナレーションを流した。

『突然のゴンドール国王の失踪……それは青天《せいてん》の霹靂《へきれき》だった』

「鎌切《かまきり》」

「わかってるぜェ」

吹出の横で、無線からの骨抜のタイミングを聞きながら、照明の鎌切尖《とがる》が舞台の照明を落とす。暗闇のなか、不穏《ふおん》なＢＧＭと物間のナレーションが流れた。

『王の不在を知った民は不安に襲われ、ゴンドールの都は――』

「みんな、残り四〇秒」

暗転《あんてん》の間に、舞台上の物間たちはダッと上手舞台袖へとはける。旅に出る衣装に着替えなければならない。

「物間はこれ！」

「はいよ」

小森を中心に、手のあいている者たちが手早く三人の着替えを手伝う。その間に大道具の円場を中心にセットをはけ、新しい森のセットを設置していく。出番を待つ小大唯《こだいゆい》の〝個性〟サイズ、塩崎茨《しおざきいばら》の〝個性〟ツル、角取《つのとり》ポニーの〝個性〟角砲《ホーンホウ》などは大きなセットを動かすのに役に立った。骨抜はストップウォッチを手に、残り時間を知らせつつ全体の様子を見守る。チームワークなくして舞台は進まない。

「残り一〇秒……八、七、六、五、四、三……明転《めいてん》」

ふたたび照られた舞台セットは森のなか。舞台袖では練習どおりに場面転換ができたことに全員が無言でサムズアップし、お互いの健闘を称《たた》えた。骨抜のきっかけを受け、物間がよろよろと舞台へ出ていく。

『王を失ったゴンドール国は荒れに荒れた……。このままではあの美しかったゴンドール国が滅びてしまうと、王子ロミオは父である国王を探す旅に出た……』

録音していたナレーションが終わると、物間は舞台の中央で「あぁ……！」と倒れこんだ。

「父上はいったいどこにいるのだ……。民を捨て、僕を捨て、国を捨てていくなど、僕の知っている父上ではない……！　悪魔にでも魅入られてしまったというのか！　ならば僕はその悪魔を倒し、父上を、王を連れ戻さねばなるまい……！　あぁなんという悲劇……いやもういっそ喜劇だ！　ろくに国の外へも出たことのないこの僕が、剣やフォースの稽《けい》古《こ》から逃げ回っていたこの僕が悪魔退治《たいじ》しなければならないかもしれないなんて……！　こんなことなら国一番のフォースの使い手である、導師《どうし》オビワンに稽古をつけてもらうんだった……ぁぁ過去の自分を殴《なぐ》ってやりたい……この運命を呪う前に!!」

物間の演技が会場の注目を浴《あ》び、どんどん熱を帯《お》びて観客を魅了している。

舞台の内容は、王を探しに出たロミオが運命の恋人ジュリエットに出会い、人間的に成長しながら、宿命の敵であるパリス伯爵と戦い、驚愕《きょうがく》の真実を知り立派な王となる……というストーリーだ。どこかで聞いたことのある固有名詞があるが、それはありえない偶然の一致である……ということにしておこうというのは物間の主張だ。冒険譚《たん》でもあり人生ドラマでもありラブストーリーでもあり復讐劇でもある、とりあえず美味《おい》しいところをごった煮《に》にしたような物語に仕上がった。

ミスコンに出るため舞台に参加できない拳藤一佳《けんどういつか》とそのつき添いの柳《やなぎ》レイ子《こ》が、通し稽古を見たら思いがけず感動したほどのできだった。物間の性格を知っていても感動できるということは、なにも知らない観客が観たら感動するだけでなくスタンディングオベーションするかもしれない。みんな、そんな舞台を目指《めざ》して取り組んでいる。

「それなら今からゴンドールにお戻りになられますか」

「フロド！　サム！　どうして」

舞台上では、フロドとサムがロミオを追ってきたところだ。

「導師オビワンも王を探しに出ております。偶然出会い、王子に伝言を頼まれました」

「パリス伯爵に気をつけろ、と。パリス伯爵とはどなたなのですか、王子」

「……パリス伯爵……。一度、舞踏会で挨拶をしただけだが……なぜ導師オビワンは気をつけろなどと……」

釈然《しゃくぜん》としない様子のロミオこと物間に、フロドこと二連撃が「それから」と、そっと金の指輪を物間に差し出す。

「一緒《いっしょ》に託《たく》されました。この王家に代々伝わるという伝説の指輪を……」

「なんでも王家の者を守る指輪だとか……お守りみたいなものでしょうか？」

サムこと泡瀬のセリフに、物間が戸《と》惑《まど》ったように首を振る。

「そんな指輪が……知らなかった」

「王子が正式に王を継《つ》ぐときに渡されるものだそうです」

「なんと美しい心奪われる指輪だろう……」

二連撃から指輪を受け取り、物間は観客に向かい高く掲《かか》げてみせる。指輪はこの先、重要なアイテムとなる。

塩崎が舞台袖からその場面を確認しながら祈るように手を組み、「私は指輪の精……私は指輪の精……」と呟く。塩崎の役は伝説の指輪に宿る精霊《せいれい》だ。出番はまだ先だが役作りに入っているようだ。近くにいた回原が緊張をほぐすように声をかける。

「塩崎ならもう見かけが精霊っぽいから大丈夫《だいじょうぶ》だろ」

「ありがとうございます。しかし見かけの問題ではないのです。大事なのは精霊の心を理解すること……神の使いのように慈《じ》悲《ひ》深《ぶか》い心を持つのか、それとも自然から愛された者として無邪気な心を持つのか……」

そんな塩崎の後ろから獣《けもの》スーツに着替えている最中のポニーと宍田獣郎太《ししだじゅうろうた》が声をかけてくる。

「塩崎サン、役に入りこむタイプデース。三人でいっぱいレンシューした！」

「塩崎氏は精霊になりきるために早朝、学校の森で精霊に祈りを捧《ささ》げていたんですな。そこで我々、精霊の使いであるヒッポグリフズもヒッポグリフになりきって森を駆《か》け巡《めぐ》ったりしたんですな」

「あぁ、だから早朝、森からヘンな鳴き声がするって噂《うわさ》になってたのか」

気づいたような円場に「おや、そんな噂が？」「すみませーン！」と謝《あやま》る獣郎太とポニー。

「例の、そろそろ後ろにスタンバイしといて」

骨抜が後ろを振り向いてそう声をかけた。

「あ、ビックリさせるやつデスネ！」

「せっかく来てくださった観客の皆様を謀《たばか》るようで気が進みませんが……」

「ビックリさせるのもショーの一部ですぞ。さぁ」

気乗りのしていない塩崎をポニーと獣郎太でセットの裏へと連れていく。それに続いて取蔭《とかげ》、黒色、円場、鱗飛竜《りんひりゅう》などが意気ごみながらそっと出ていく。骨抜は声をかけた。

「みんな頼むね」

「名は体《たい》を表すってね」

鱗はニッと笑いながら通路に消えていく。「がんばれよ、みんな……」と鉄哲が精いっぱいの小声で声援を送った。骨抜は短くみんなを見送ってから、奥で小森にメイクチェックしてもらっている小大を見る。

「小大、もう少しだよ」

「ん」

「完璧《かんぺき》ヒロインのできあがりー！」

「おお〜……」

鉄哲や凡戸固次郎《ぼんどこじろう》の感心するような反応に小森が「うふふ」と満足そうに胸を張る。シンプルなワンピースふうのドレスが小大の清らかに整《ととの》った面立《おもだ》ちを際立《きわだ》たせている。無表情なのが多少ひっかかるが、それもミステリアスな雰囲気づくりに役立っていた。

目立つ言動をとくにしなくても、目を引いてしまうタイプが小大だ。表情が乏《とぼ》しくともいるだけで華《はな》になり、そこを買われてヒロインに抜擢《ばってき》されたのだ。ふだんはあまりしゃべらないのでセリフも極力少なくしている。

「あぁどうして腹は減るんだ……肉……肉が食いたい……。肉を食わなきゃ僕はもう一歩も動けない……」

「しかし王子、この森は魔が出ると噂の森……動物は一匹もおりません」

「そういえばたしか……あった！　カバンの奥に非常食として干《ほ》し肉《にく》を持ってきておりました！」

「よこせ！　王子命令だ！」

「そんな……それが仮にも王子の言うことですか⁉」

「うるせえ！　空腹な人間に王子もクソもあるかぁ‼」

「なっ！　剣を私たちに向けるとは……！」

「さっき王子もクソもないとおっしゃいましたね……いいでしょう、それなら私たちも一人の人間として剣をとりましょう。さぁ王子、干し肉をかけて勝負だ！」

「うおおお！」

舞台上では極限の人間同士の生死をかけた殺陣《たて》が始まった。一見ただの空腹の末の醜《みにく》いいさかいだが、人間の尊厳を問う崇高《すうこう》なシーンだ。激しい剣の応酬《おうしゅう》を音響と照明が盛りあげ、観客たちも息を飲んで見守っている。

やがて負けた王子は二人に干し肉をわけてもらい、涙ながらに本当の仲間になった。

「うっ……なんと美味しい干し肉だろう……。ゴンドール名物、コマドリの春風グリルも、さかむけワニのレアステーキも遠く及ばない美味《びみ》……！　あぁ許してほしい、今までの愚《おろ》かな僕を……！」

「許しませんよ」

「えっ」

「素晴《すば》らしい王になると誓《ちか》わないと、許しません」

「――あぁ。今ここに誓おう。僕は必ず素晴らしいゴンドールの王になる。そして民の腹をいつも満たし、幸せにすると誓う！」

若い王子の未来を見据《みす》えた宣言に、会場から自然と拍手があがった。その反応に物間がドヤ顔を浮かべたのに気づいた二連撃がアドリブで「さぁ王子！　旅を続けましょう！」と強引《ごういん》に引っ張る。

「なにするんだい、僕の見せ場を」

森の中を進んでいるという体《てい》で観客に背を向けながら物間が小声で抗議すると、二連撃も小声で返す。

「せっかく観客の心をつかんできたのに、ドヤ顔する王子じゃ応援してもらえないじゃないか」

「二連撃、ナイスアドリブ」

泡瀬にも小声で言われ、物間は少し不満そうな顔をしたが正面を見て笑みを浮かべた。

「さて、ジュリエットのお出ましだ」

ジュリエットこと小大が、大きな岩場のセットから身を乗り出している。

「誰か助けて……！」

小大がそう叫んだ瞬間、その小大の後ろから巨大なドラゴンが飛び出してくる。

「わああ⁉」

客席のところまで飛び出したドラゴンは、照明のかげんもあり、まるで本物のように見え、観客が驚きの声をあげる。岩場から飛び降りた小大を物間が「危ない！」と抱きとめた。

「ドラゴンだ！」

「とにかく逃げよう！」

二連撃と泡瀬がそう言うと物間も小大を支《ささ》え立たせる。

「さぁこちらへ！」

「はい」

四人が走りだしたところで暗転し、すぐ明転すると今度はドラゴンが観客席の横から飛び出す。観客の悲鳴がやむ前にふたたび暗転し、今度は後ろから、次は上からとドラゴンを飛び出させる。ドラゴンを操《あやつ》ることに適した〝個性〟を持つ塩崎たちが照明のタイミングに合わせて動かしていた。さらに飛《と》び交《か》う鱗の〝個性〟のウロコが臨場感をあおる。

ひっきりなしにあがる声には感嘆と興奮が含まれている。骨抜はその反応に一人、「よし」と頷いた。みんなで観客に楽しんでもらえると考えた案がうまくいった喜びに身を浸《ひた》したいが、舞台を滞《とどこお》りなく進ませるのが舞台監督の役目だ。喜びもそこそこに骨抜は無線できっかけの合図を送る。

「雷まで六、五、四、三……はい」

次の瞬間、雷の照明が迸《ほとばし》り、ドラゴンの鳴き声が遠ざかっていく。一転静まり返った会場にピチャンと水音が響き渡り、薄暗さを表現した照明が舞台の片隅《かたすみ》を照らす。そこに二人で腰を落としているのは物間と小大だ。ドラゴンから逃げている間にフロドとサムからはぐれてしまった設定だ。

「助けていただいてありがとうございました」

「いや……僕はロミオ。どうしてドラゴンに追われていたんだい？」

「…………」

「言いたくないんならいいんだ。……だがせめて教えてくれないか、君の名は？」

「……ジュリエット」

「……今、自分がどんなに無知かわかったよ。世界一美しい人の名前も知らなかったなんて……」

見つめ合う二人のシーンを舞台袖で見ていた鉄哲が、精いっぱいの小声で言った。

「さすが物間……あんなこっぱずかしいセリフ、よく真顔《まがお》で言えんな……」

「ひゅう～、ロマンスだねぇ～」

小森はその隣で頬《ほお》を染めてうっとりと見つめる。そっと戻ってきたドラゴン飛ばし隊メンバーも舞台袖に集まった。

舞台で物間がハッと何かに気づいたような顔をする。

「ジュリエット……？　いや僕はどこかでこの名前を聞いている……たしか長年我がゴンドールと敵対しているローハン国の姫の名前だったような……。ジュリエット……まさか君は……ローハン国の……？」

コクリと頷く小大。ショックを受けた物間に悲劇的な音楽がかぶさり、スポットライトが照らされる。物間はそのままよろよろと舞台中央へ。

「……ジュリエット……あぁジュリエット、ジュリエット……！　キミはなぜジュリエットなんだ！　神様はなんと無慈悲《むじひ》なことをする……！　僕の初恋を奪った相手が敵国の姫とは……神という名の悪魔め！　僕の心を蝕《むしば》んでなにが楽しい!?　呪われろ、呪われろ！

この世の恋人たちをすべて地獄に落としてやる……!!　この世から恋など燃えてなくなって消えてしまえばいい!!　ハハハハハァ!!!　アーッハッハッハッ!!!」

　鬼気《きき》迫る物間の演技にゴクリと唾《つば》を飲みこむ観客。

「やっぱ物間は、こういうダメ人間の演技のほうがうまいね」

「うまいってか地じゃないか？　めちゃめちゃノッてるだろ、アレ」

　感心する取蔭に鱗が突っこむ。狂気宿る笑い声に会場が底冷えしたそのとき、舞台では小大がそっと物間の手を握りじっと見つめた。

「……燃やしてはダメ」

　ロミオのご乱心のあとの静かにしみわたるようなその一言に、会場中が恋に落ちた。物間はガクッと崩《くず》れ落《お》ち、懺悔《ざんげ》する。

「――やはり僕は無知だった。この世に神様はいないが、ここに天使がいた……」

　そして小大にうっとりと囁《ささや》く。

「君の瞳《ひとみ》はこの暗い洞窟《どうくつ》に潜《ひそ》む遠い昔に隠された秘宝《ひほう》だ。その凛《りん》とした美しさはラピスラズリの輝きのように心を震わす……！　滑《なめ》らかな絹のような黒髪は、そのままこの闇に溶《と》けていってしまいそうで僕を不安にさせる。象牙《ぞうげ》のようになめらかな頰は危険だ……僕の指が吸いついてしまいそうで……」

「…………」

「あぁわかっている。そんなことをしたら僕はもう二度と君から離れられなくなる……ししそれでもこの胸の震えを君にわかってほしい！　運命だと叫んでいるこの心臓を取り出してみせたっていい！　君に僕の愛を証明できるなら、僕は死んでもかまわない！　敵国の姫だろうがここにいる僕は……」

そのとき、物間のポケットから指輪が落ちる。ハッとする物間。

「あぁ……！　けれど僕にはやらなければならないことが……僕は王を探しにいかなければならない……！　どちらかを選ぶなんて僕にはできない！　……いや？　どちらか選ばなければならないなんて誰が言った？　僕だ！　僕は勘違《かんちが》いをしていた。どちらも選べないなら、両方選べばいいのだ‼　ジュリエット、今は旅に出ている僕だけれど、立派な国王になるつもりだ。キミのために国交を正常に戻すと約束する。平和に、国民に祝福される夫婦となろう！　だから未来のお后《きさき》になってくれるかい……？」

「…………」

たっぷりの間のあと、コク……と頷く小大。

「愛《いと》しい人……君への愛を今、この指輪に誓うよ……」

物間はガバッと小大を抱きしめた。観客の中から女子生徒のうっとりとするため息や、男子生徒のうらやむような小さな声が聞こえてくる。

舞台袖でも小森やポニーなどが「ひゃあ〜」などと盛りあがっていた。その横で回原が小大の表情を見て苦笑する。

「小大、やっぱもうちょい嬉しそうな顔しててもよかったよな」

「あれが唯の精いっぱいだから」

フォローする取蔭の声に、骨抜は舞台を見つめたまま言う。

「……いや、かえって無表情なのが、観客に何か事情を抱《かか》えたヒロインなのかって思わせてる。物間の言ったとおりだよ」

観客の視線は無表情の小大に集まっている。大好きなB組のためなら演出を優先させることもできる、それが物間だ。ちょっと性格が病的だが、雄英《ゆうえい》に受かっただけのことはある有能な男なのだ。

舞台ではフロドこと二連撃と、サムこと泡瀬が合流した。だが、ジュリエットにすっかり夢中になっているロミオに二人は不信感を抱《いだ》く。

「……そろそろ俺の出番だな……」

マントを羽織《はお》った鉄哲が、骨抜の近くにやってくる。

「甘ったるい空気、ぶち壊してやれ！」

「盛大に憎まれてこい！」

回原や円場などから応援されながら、鉄哲は骨抜のタイミングで舞台へと飛び出した。そしてジュリエットこと小大を風のようにさらってから鉄哲は大きく息を吸い、口を開く。

「……ワシの所有物を返してもらおうかぁ!!!」

初登場でいきなり大声で叫んだ謎《なぞ》の登場人物に、観客たちが一瞬ぽかんとする。そして舞台袖でもみんなポカンとしていた。骨抜があちゃーと顔を押さえる。

演出ではここは静かに不気味《ぶきみ》に登場するはずだったのだが、小声でしゃべらなくてはいけないという鉄哲のフラストレーションが一気に解放されてしまったようだ。

「おやおやぁ!? そこにいるのはゴンドールの王子ロミオ!!」

「……あなたはパリス伯爵!? いったいなぜ……ジュリエットを返せ！」

物間は観客に背を向け、鉄哲に半ギレしながら囁く。

「なにそんな威勢《いせい》のいい八百屋みたいな悪役にしてるんだよ!? 抑《おさ》えろ！」

言われて鉄哲は「あ、ヤベェ！」というような顔をして、精いっぱい怖《こわ》い顔をする。

「……また会おう……」

今度は意識しすぎて舞台袖のような小声になってしまった。会場が「え、今なんて言ったの？」など少しざわめく。舞台袖で見ていた面々があちゃーと顔を押さえる。骨抜が冷静に舞台天井にあるキャットウォークでスタンバイしていた獣郎太に「今」と合図すると、小大を抱きかかえたまま鉄哲が、観客に気づかれないようロープをつかみ飛んでいった。

「また会おうだと!? どういうことだ……ジュリエーット!!」

物間が鉄哲のセリフをフォローし、絶叫する。

「ワリィ、みんな……」とシュンとして戻ってきた鉄哲を、みんな「気にすんな!」「次、次!」などと励《はげ》ます。舞台ではジュリエットを追いかけるというロミオと、すぐにでも王を探しに行かなくてはというフロドとサムが対立する場面だ。

「導師オビワンが言っていたのはこのことだったのか? しかしなぜパリス伯爵がジュリエットを……っ、こうしている場合じゃない、いますぐジュリエットを助けに行かなくては!」

「わかっているのですか、王子! 王を探すのが王子としての役目なんですよ!?」

「わかっているさ! けれど僕は王子である前に一人の男だ! 愛する女性を見捨てることなどできるはずがない!! ジュリエットを取り戻したら必ず王を探す……わかってくれとは言うまい……さらばだ! ここからは僕一人で行く!」

下手に走ってはけていった物間。二連撃と泡瀬が叫ぶ。

「王子ー!」

その直後、上手舞台袖から何か物音が聞こえたような気がして、二連撃は不思議に思う。だが今は舞台の最中。すぐに劇に集中した。

『こうして王子ロミオは一人、愛するジュリエットを追うことになった……』

物間のナレーションを聞きながら、二連撃と泡瀬は上手舞台袖へとはけてくる。ここからクライマックスまで出番はない。

「これじゃちょっと使えないな……」

ほっと息を吐いた二人だったが、そう言う骨抜の少し焦《あせ》ったような声にきょとんとする。

舞台袖奥でみんなが集まってざわざわとしていた。二連撃たちが「何かあったのかい？」と近づいてみると、黒色がぐしゃぐしゃになった何かを手にしていた。白い不格好《ぶかっこう》な塊《かたまり》のなかに、ちらほらと銀色の欠片《かけら》が散らばっている。

「なんだ、それ」

そう訊《き》いた泡瀬に回原が説明する。

「小道具の剣が壊れたなれの果てだよ……」

少しあとのシーンで登場するレイこと取蔭と兵士こと鱗が使う予定の剣が折れそうだったので、凡戸の〝個性〟であるセメダインで補強しようとしたところ、くしゃみをしてしまい大量にセメダインが出てしまった。それを手伝おうとした鉄哲が床《ゆか》に落ちたセメダインに足を取られ転ぶ際に〝個性〟のスティールを発動してしまったままセメダインまみれの剣に突っこんでしまったという。みんなでどうにかならないかこねくり回した結果、前衛芸術作品が出来上がってしまった。ここにA組の爆豪《ばくごう》か切島《きりしま》か上鳴《かみなり》がいたら、お肉《にく》先輩こと仕傑高校《しけつこうこう》の肉倉精児《ししくらせいじ》の〝個性〟精肉《せいにく》を思い出すことだろう。それほどぐっちょんぐっちょんになってしまった剣はどう見ても、もう二度と元には戻らない。しかも予備はなかった。

「どうする？　剣なしでどうにか……」

「いや殺陣もあるし、剣の代わりになりそうなもんで代用するしかないだろ」

焦る取蔭に骨抜が冷静に返す。回原が「わかった、なんか探してくる」と黒色とともにダッと外へと出ていった。

ちなみに代用できる剣は二連撃たちの腰に差してあったのだが、ハプニングで動揺し、気づく者はいなかった。初舞台にテンパるのはしかたのないことだ。

「ジュリエット……どこだジュリエット……！」

シナリオではもうすぐ取蔭たちの出番になる。だが出てこない。不思議に思った物間に、舞台袖から骨抜が「時間を稼《かせ》いでくれ」とジェスチャーで伝える。

（なんかあったな……。ま、時間を稼ぐくらいわけないけど）

そう思い、物間はアドリブでしゃべりだす。

「ジュリエット……この名を呼ぶだけで僕は力がみなぎる。もう三日なにも食べていないが、それだけで腹も満たされる……愛とは食べ物、命そのものだったんだ。ゴンドール名物砂糖イモの黄身《きみ》ゼリー添《ぞ》えも、川バナナのバナナ包みも、御影牛《みかげうし》のゴブリンソースも、鎌鼬《かまいたち》の煮っころがしも、スッポンポンゾウガメとスッポンポンスッポンの親子丼《どん》も、捕《と》われジャガーかつ丼も、耳長キリンのミリン干しも、モサモサライオンのテールフライも、ジマンノヒザ小象の面影《おもかげ》クッキーも、ハラグロ蝙蝠《こうもり》の墨《すみ》パスタも、ノロノロ大ウサギの三日天下スープも、もう何もいらない。今の僕には愛さえあればいい……」

（もうそろそろいいか？）

だが、骨抜が申《もう》し訳《わけ》なさそうに「もうちょっと」とジェスチャーを送ってきた。物間は時間稼ぎをしていることなどおくびにも出さず、アドリブを続ける。

「そうだ、ジュリエットの故郷、ローハン国の名物は海産物だったっけ。たしか、大きな地底湖でさまざまな魚介類《ぎょかい》がとれるとか……。クスリ箱カニのカニみそは、それはそれは一度食べれば笑いが止まらないほど美味だと聞いたことがある。ふふっ、思い浮かべるだけで笑ってしまう。ジュリエットも食べたことがあるのだろうか？　一緒に食べて一生笑い合っていたいな……。そうそう、あとローハン国といえばホントマグロだ。三枚におろしたマグロの間に白米をサンドし、三日間黙って誰にも見られることなく食べると三年寿命がのびるらしいな。もし本当なら父上にもやってもらいたいものだ……」

（……ん？　やっとか……本当、何があったんだ）

「もう大丈夫」というジェスチャーをする骨抜に気づいた物間は、頭のなかで段取りを確認する。

（このあと、宇宙解放同盟軍の生き残りである取蔭と鱗の出番……）

物間はハッとして上を見上げて叫ぶ。

「な、なんだ、アレは⁉」

ヒュウウウンー！　と金属音とともにＵＦＯが不時着した。恐る恐る物間が近づくとＵＦＯセットのドアからバッと取蔭と鱗が飛び出してくる。

「大丈夫か、レイ⁉」

兵士の格好をした鱗に聞かれ、レイこと取蔭が「うん……」と答えて物間に気づきハッとする。

「お前は……帝国軍の手先か！　どこまでも私たちのジャマを……！」

「帝国の犬め！」

「ちょっと待ってくれ、なんのことだか……っ」

焦ったように答えながら、物間は段取りを心の中で確認する。剣を使った殺陣を披露《ひろう》するのだ。干し肉を争って負けた王子からの成長を見せる重要な殺陣だ。激しい剣の応酬は何度も何度も練習したおかげで見栄《みば》えのするものに仕上がった。

「黙れ、民主主義万歳！」

（先に取蔭がかかってきて、間髪《かんはつ》入れず鱗が、それをギリギリでかわしてから……ん？）

取蔭と鱗が鬼気迫る迫力で背中の後ろから持ち出し構えたものに物間の目は点になった。

「なんでバット⁉」

舞台上なのを忘れて思わず突っこんでしまった物間。取蔭と鱗が剣のように構えてたのは、どう見ても金属バットだった。前方の客たちが「おい、アレ、バットじゃね？」など気づきだし、物間はハッと我に返る。

舞台袖では骨抜が申し訳なさそうな顔をしながら、「続けて！」とジェスチャーを送る。黒色たちがなんとか探してきたのが、別クラスの出し物のバッティングセンターから借りてきたバットだったのだ。

「剣が壊れちゃってこれしかなかったの！」

「なんとかごまかすしかない」

小声で必死に訴える取蔭たちに、物間は「しかたないね……！」と腹をくくって自《みずか》らも剣を構える。カキン、カキンと剣とバットを交《まじ》えながら物間はときに派手に倒れてみせる。

「なんと見たこともない強大な剣……！　これが宇宙の剣だというのかぁー！」

金属バットで襲撃するヤンキーカップルに見えてしまうところを、物間の演技力で強引にバットみたいな宇宙の剣で戦う宇宙解放同盟軍に変換した。舞台の危機に音響の吹出が音量を増やし、照明の鎌切もライトを細かくきり替えて観客の目をくらませた。

「なんとかごまかせたみたいだな……」

骨抜がそう言うと、舞台袖でハラハラしながら見守っていた面々が「よかったぁ〜」と脱力する。

「さすが物間……」

「物間……お前の度胸に祝福の宴《うたげ》を」

など、本人がいるときには絶対に出ないであろう感謝の言葉を回原や黒色が舞台の物間へおくる。舞台の殺陣はやけくそ感をやや醸《かも》し出《だ》しつつも、それが功を奏して戦いが白熱しているように見えている。

「……黒色さん、ここに置いていた指輪をご存知ありませんか？」

「え？　あの指輪ならそこに置いておいたぞ」

塩崎の問いに、黒色が小道具を置いていたテーブルに駆け寄る。だが見当たらないようで黒色は「たしかここに……」と周囲を探す。骨抜たちが「どうした？」と駆け寄った。

「この小道具のテーブルの上に、このあと使う指輪を置いておいたんだけど……」

それはこのあとの指輪の精である塩崎たちの出番のときに使う小道具の指輪だった。バージョンアップした体《てい》の指輪なので、物間が持っているものより少し大きく目立つように作られていた。

塩崎たちの出番が迫ってくる。みんなで周囲を探すが見当たらない。

ちなみに指輪はさっきの剣の騒ぎのときに転がりに転がって、ふだんイスなどを収納するステージ下の地下倉庫に落ちていた。残念ながら指輪が発見されるのは舞台後のあとかたづけのときである。

「あぁ……神はなんと大きな試練をお与えになるのか……」

せっぱ詰まった顔で手を祈るように組む塩崎。ポニーも獣郎太も焦った表情になる。

「またかよ！　どうする？」

ハプニングに回原が骨抜を見る。骨抜は少し考えてから口を開いた。

「みつからなければまた何かで代用するか、もしくは作るか――」

しかし今度は外に探しに行く時間もなさそうだ。

「何か丸い穴の開いてる指輪みたいなやつ、あるか⁉」

回原が周囲を見て回る。ほかの面々もあわてて周囲を探しているなか、鉄哲がバッと何かを掲げた。

「これで代用できねーか……!?」

それはちょっとゆるやかな凹凸《おうとつ》があり、丸く穴があいている長い棒状のもの。魚介類をすり身にして、棒に巻きつけ焼き上げた練《ね》り物《もの》の代表格、ちくわだった。鉄哲が小腹がすいたときのために持ってきていたのだった。

「――イケるぜ」

そう言って色黒が持っていたカッターでちくわを輪切りにする。「ほら」とみんなに見せたそれに、みんなが「指輪に見える!」と頷いた。

「ゴールドのアイシャドウあるよ」

と、小森から差し出されたアイシャドウを色黒が「あ……ありがと」と受け取りパパッと塗ると、それは個性的な指輪に見えた。

「よしっ、これで大丈夫だ!」

回原が満面の笑みで塩崎にサムズアップする。黒色からそれを受け取った塩崎は磔刑《たっけい》を言い渡されたように絶望した。

「……これでは私はちくわの精……」

すり身の気持ちとはいったい……と青ざめる塩崎に、ポニーと獣郎太がフォローに回る。

「すられるからきっととてもアウチ？　焼かれてアチチ？」

「いや、きっともう、ちくわになった時点で、天に召されているのでは？」

愕然《がくぜん》としている塩崎に骨抜が冷静に言った。

「ちくわじゃない。これは指輪だから。ちくわみたいな指輪だから」

舞台上では殺陣が終わり、ロミオこと物間と宇宙解放同盟軍のレイと兵士こと取蔭と鱗がすっかり誤解もとけて打ち解けていた。

「君たちならきっと宇宙を解放できるさ！　いずれ我が国ゴンドールも宇宙に進出するだろう。レイ、そのときはいろいろ助けてもらいたい」

「あぁ、ロミオ。ともに宇宙の平和を築いていこう！」

「レイ、そろそろ出発しなくては」

「……死ぬなよ。生きてまた会うその日まで」

「約束だ。そのときは必ずゴンドール名物キタタヌキの玉袋鍋《たまぶくろなべ》をご馳走《ちそう》するよ！」

鱗に呼ばれて取蔭がＵＦＯに乗りこもうとして振り返る。

「ハハハッ、楽しみにしている。お前のジュリエットに会えるのもな……そういえばここに落ちる途中、不思議なものを見た」

「なに？」

「ここから北へしばらく行ったところに不気味な城があった。不気味な男と少女が何やらモメていたような……」

「もしかして、その怪しい男と少女はパリス伯爵とジュリエットでは……」

「レイ！　急いで」

「ではロミオ、フォースとともに」

そう行ってUFOが天井へと上がって消えていった。物間はステージ中央にゆっくりと歩み寄りながら言う。

「北か……。そこにジュリエットがいるかもしれない。しかしパリス伯爵はいったい何者なんだ。ジュリエットを自分の所有物だと言っていた……ジュリエットはもしかしてあの男から逃げてきたのだろうか？　もしかするとジュリエットの婚約者という可能性も……いや、ジュリエットは私と結婚の約束をしてくれたのだ！　心は私の元にある。だがしかし、一国の姫ともなれば国同士の結びつきのためにどこかの国の王子ともうすでに婚約していても不思議ではない。ということは、あの男はどこかの国の王で、ジュリエットの婚約者？　……あぁ！　もしそうなら僕はいったいどうすればいいというのだ……！」

恋に苦しむロミオこと物間が苦悩のあまりに身もだえ、倒れこんだそのとき、天井から一筋の光が差しこんだ。

「ロミオ……ロミオ……」

エコーがかかった塩崎の声に、物間はハッとして周囲を見回す。

「誰だっ？」

「ロミオ……私はあなたのポケットのなかにいます……」

「ポケット？」

ロミオがポケットから指輪を取り出すと、ステージ全体が眩《まぶ》しい照明に照らされた。観客の目がくらんだ隙《すき》に、天井から輪切りにされ金色に塗られた指輪ことちくわが吊り降ろされる。観客の目が慣れたころには、指輪が浮いているように見える寸法だ。

そこへ指輪の精こと塩崎がポニーと獣郎太のヒッポグリフに乗って神々《こうごう》しく降りてくる。ヒッポグリフズの咆哮《ほうこう》が、塩崎の聖なる雰囲気を盛りあげ、観客から「わぁ～」と歓声があがった。だが物間はふとした匂《にお》いに気づき眉《まゆ》を寄せ、クンクンと匂いの元を探《さぐ》る。それは目の前の指輪だった。

「私は決してちくわの精ではありません……指輪の精です。……誰がなんと言おうとも」

神妙な様子でアドリブを言った塩崎に物間は指輪の正体を知った。

（なんでちくわ!!）

大声でツッこみたいのを必死で抑えて、物間は多少ひきつりながら突如《とつじょ》現《あらわ》れた指輪の精に驚いてみせる。

「指輪の精……!?」

「よくお聞きなさい、ロミオ……。指輪はあなたとともにある……あなたの心が求めるとき、指輪はあなたの力となる……そして私はちくわの精ではない……」

念押しして塩崎はヒッポグリフズの咆哮とともに天井へと去っていった。会場からこそこそと「なんでちくわ?」という声がしたが、物間はそれらの疑問を大声で一蹴《いっしゅう》する。

「なんだったんだ！　今のは……！　指輪の精……王家に代々受け継がれるこの指輪の精だったというのか……！」

そしてハッとして続ける。

「こうしてはいられない。早くジュリエットを助けにいかねば……！」

決意の表情で遠くを見つめ、会場の空気を元に戻した物間に、舞台袖で見ていた面々が「乗りきった〜」とホッとする。戻ってきた塩崎たちも出番を終え、ホッと安堵《あんど》した。

「やっぱアイツ、すげえな……」

鉄哲がそう言いながら、残りのちくわを豪快にかじった。もうすぐ出番なので腹ごしらえだ。いよいよクライマックスに近づいてきた高揚《こうよう》感が舞台袖に満ちる。あとはパリス伯爵が導師オビワンを倒し、ロミオに実の父だと告げ、対決する流れだ。

「みんな、暗転するよ。最後のセットチェンジ、よろしく」

骨抜の声にみんなの顔が締《し》まり、セットチェンジのスタンバイにつく。次はパリス伯爵の城、最終決戦の場だ。

「暗転まで……六、五、四、三……暗転。残り時間五〇秒」

骨抜のカウントダウンを聞きながら、みんないっせいにセットチェンジに走る。舞台上にいる物間もそれを手伝いながら、小声で近くにいる回原に声をかけた。

「バットとかちくわとかいったい何があったんだ?」

「ハプニングだよ。舞台終わってからゆっくり話してやる」

「了解。……あ、それとあの指輪のちくわだけど、あれ……」

骨抜のカウントダウンが一〇秒をきり、回原が「だからあとでな、がんばれよ」と舞台袖へと走り去る。物間は「いやそうじゃなくて……」と何か言いたげにしていたが、明転した舞台の上で即座《そくざ》にロミオにきり替わった。

「やっと着いた……ここがレイの見たという城か……」

不気味な石造りの城の書割を見上げ、物間が呟く。舞台袖では最後の難所をなんとか乗りきったと、裏方と出番が終わった者たちはすでに打ち上げ気分だ。そのなかで骨抜は冷静さを失わず舞台を見守りながら次の指示を出す。

「まだこれから空中戦があるからね。スタンバイしておいて」

その言葉に次の持ち場へとそれぞれ急いでスタンバイする。

「頼むぞ、みんな……」

出番を待ちながら小声で声をかける、少し緊張しているような隣の鉄哲に骨抜は言う。

「練習ではちゃんとできてたから大丈夫。思いきりやってきなよ。あ、でも声は少し抑え気味で」

「ん」

少し後ろにいた小大も「大丈夫」というように頷いた。鉄哲もそんな二人に頷き返す。

「おう、今度こそ任《まか》せとけ……」

骨抜の合図を受け、鉄哲が舞台へ出る。鉄哲は練習で物間に仕込まれた演技を思い出し、ゆっくりと観客の興味を引きつける間を待って静かに、だが低く通る声で話しだした。

「……おや、招待した覚えのない客だ。だが待っていたぞ、王子ロミオよ」

（……そうそう、それでいいんだよ）

物間は鉄哲の演技に小さく笑んでから、自分の演技へと没頭する。

「やはり怪しい男とはお前のことか、パリス伯爵！　ジュリエットはどこだ！」

「ワシの所有物をどうしようがワシの勝手……」

「返してくれる気はなさそうだ……ならば力ずくで返してもらうまで！　うおおお！」

鉄哲に斬《き》りかかっていく物間。だがパリス伯爵こと鉄哲はそれを一振りで一蹴した。フッ飛ばされた物間は驚愕する。

「この男、只者《ただもの》ではない……！」

「待て、ロミオ。私がその男の相手をしよう」

「あなたは……導師オビワン！　なぜ!?」

導師オビワンこと凡戸が、フロドとサムこと二連撃と泡瀬を率《ひき》いて現れた。二連撃が言う。

「王を探している最中、オビワンが私たちの前に現れたのです。王子にどうしても伝えなければいけないことがあると……！」

「ロミオ、お前はフォースの修業をサボり、決していい弟子ではなかった。だがお前は生まれたときから知っている孫のような存在……。だからこそ私は、この男を倒さねばならん……」

「ずいぶん懐かしい顔だ、オビワン……。だが今のワシたちには再会の祝福より、今生《こんじょう》の別れがふさわしい……」

音量を抑え気味にし眼光鋭く静かにたたずむパリス伯爵こと鉄哲は、立っているだけで大きな存在感を放ち観客を威圧する。

舞台袖では鉄哲たちの演技に盛りあがっていた。

「やればできる子なんだよ、鉄哲は！」

うんうんと頷きながら言う円場に「おかん目線か」と回原がツッコむ。会場は鉄哲の威圧感漂う悪役ぶりに、芝居の行方《ゆくえ》を息を飲んで見守る。

「この男はアズカバンに幽閉されていた亡霊……。この世にいてはならぬ者の果て……」

舞台袖で黒色が中二病心をくすぐるようなオビワンのセリフに、ソワ…とする。舞台ではロミオこと物間が驚き叫んだ。

「悪名《あくみょう》高い監獄アズカバンに⁉　いったいどんな罪を……」

「ワシはアズカバンで死に、生まれ変わって戻ってきたのだ。やるべきことを果たすために」

「それ以上口を開くでない、悪より生まれし者よ……ハァー！」

オビワンが手をかざしパリス伯爵に向ける。フォースで攻撃された体《てい》の鉄哲が「うっ……」と後ろに吹っ飛び、そのまま空中に漂った。

「……力は衰《おとろ》えていないようだな、オビワン」

「導師オビワン！」

「お前たちは下がっておれ……」

そう言ってオビワンも空中へと浮かび上がった。これからフォースでの空中能力戦だ。ポニーの角砲《ホーンホウ》や、取蔭のトカゲのしっぽ切り、鱗のウロコの〝個性〟で二人を空中で自在に操る。

「ハァァ！」

「ハァッ！」

それぞれフォース攻撃をしているように見せながら、観客たちの頭上を飛び回っているように見せる。それに合わせ、回原が会場の壁に仕込んでいた爆竹を鳴らした。臨場感たっぷりの演出に観客は驚きながら二人の空中戦に目を離せない。だが、楽しんでいる観客を制するようにパリス伯爵が冷えた視線でオビワンに告げた。

「オビワン、貴様の力は変わっていない……しかし、ワシは変わった……あの頃よりも強大な力を手に入れたのだ……！」

パリス伯爵がオビワンにとどめを刺す。ステージ上へとフッ飛ばされたオビワンにロミオたちが駆け寄る。

「導師オビワン！」

「そんな……ゴンドール一の実力者を……」

「ロミオ……あの男だけは国に近づけてはならぬ……いいな……お前こそゴンドールを継ぐ者……」

うっと事切れたオビワンに、ロミオは「そんな……オビワン……まだ教えていただきたいことがたくさんあったのに……っ」と泣き崩れた。そんなロミオにパリス伯爵が近づく。

「王子ロミオ……いや、ロミオよ……」

「王子！」

フロドとサムが叫ぶ声にロミオが振り返り、ハッとする。

「ジュリエット!!」

城のテラスにジュリエットこと小大が立っている。その後ろには、城を止まり木のようにして咆哮するドラゴンがロミオたちににらみを利《き》かせていた。

ロミオは涙を拭《ふ》きバッと立ち上がり、宿命の敵パリス伯爵に向かい合った。

「我が名はロミオ!!　アズカバンの亡霊、パリス伯爵よ！　ジュリエットを返してもらおう!!」

だがパリス伯爵は一転、悔《く》いるような顔をして口を開く。

「ロミオ……オビワンから父親のこと聞いているだろう。ゴンドール王国の王であったと

「……あれは嘘《うそ》だ」

パリス伯爵が、バッと今まで被《かぶ》っていたフードを外《はず》しきっぱりと言った。

「ワシがお前の父だ」

「嘘だあー!!!」

ショックどころではないロミオの心情を表す派手な音響と照明がこれでもかと降《ふ》り注《そそ》ぐ。

衝撃の事実に観客も唖然《あぜん》とするばかりだ。

「さぁ、父さんと呼んでくれ!」

「いやだあー!!! なんという嘘を! 僕は信じないぞ、お前が父などと……! それに僕の父は生きている! 今は国を出てしまっているが、必ず探し出す!」

「オビワンめ、そんな嘘をついていたのか。いいか、本当にお前の父は——」

「そんな戯言《ざれごと》に耳を貸すものか! ジュリエット、今、助ける!」

そう言ってロミオはパリス伯爵に斬りかかっていく。だが。

「……あれ? なんか鉄哲、おかしくね?」

舞台袖で回原が鉄哲の様子に気づく。本来なら物間の攻撃を華麗にさける予定のはずが、腹を押さえうずくまっている。物間も突然のことにうろたえている様子だ。

「なんか顔色悪いな……具合でも悪いのか?」

同じく気づいた骨抜も心配そうに舞台の鉄哲を見る。

「あっ、もしかしてこれじゃない⁉︎」

取蔭があわてて持ってきたのは、ちくわの包装ビニール。賞味期限がかなり過ぎていた。

みんなが心配そうにバッと鉄哲を見ると、鉄哲は急激な腹痛に身もだえしている。

物間がさっき言いたかったのは、ちくわの異臭のことだったのだ。

「もー！　なんでよく見ないノコ！」

心配のあまりプリプリ怒る小森を黒色が「ま、まぁまぁ」となだめる。じっと考えていた骨抜が務めて冷静に言った。

「とにかく、鉄哲を舞台からはけさせよう。あのままじゃとても無理だ」

鉄哲の様子を見れば、それに異論はなかった。けれど問題がある。

「でも、どうやって？」

「それにこの場面で鉄哲なしでどうやってつなぐんだ？　また物間一人に頼るのは……それに鉄哲の具合によってはそのまま退場ってこともある。そうなった場合は――」

台本を変更し、アドリブで終わらせなくてはならない。だが、そんなことが可能なのか。

ことの重大さに、みんなは戸惑《とまど》ったように顔を見合わせた。

「ヘタなものを見せてグダグダで終わるより、中止にするって手も――」

意見の一つとして、そう言った鱗に、骨抜は首を振る。

「――ショーマストゴーオン。一度上げた幕を途中で降ろしちゃいけない。それが観《み》にきてくれた人への礼儀で、舞台を作る俺たちのプライドだよ」

「――！」

その言葉にハッとしたみんなの顔を見て、骨抜が続ける。

「……って舞台監督の人の本に書いてあった」

「本かよ！」

円場がツッこむ。けれど骨抜はみんなを落ち着かせるように穏《おだ》やかに言った。

「でもさ、今まで今日のためにみんなでがんばってきたんだ。途中で終わらせたくないよ、俺は」

演目を決めたその日から、休日、放課後、休み時間にいたるまで、この日のためにみんなで力を合わせ、いい舞台にしようとしてきたのだ。本番一度きりの、この舞台のために。思い入れなんて、とっくにあふれ出ている。みんなの気持ちを代弁するように鱗が言った。

「やろう、最後まで」

B組の腹は決まった。あとはその方法だ。骨抜は短い時間で頭のなかを整理する。

「……まず鉄哲をはけさせるために、観客の視線を舞台からそらそう」


舞台では鉄哲の異変に物間がうろたえを飲みこんで舞台をつないでいた。

「……どうした！　私の剣に恐れをなしたか、パリス伯爵！」

二連撃と泡瀬もどうしていいかわからずにいる。わからないが、鉄哲が演技を続けるのが難しいことだけはわかった。とりあえず鉄哲をいったんはけさせようと物間が舞台袖の骨抜を見た瞬間、突然激しい雷鳴の音響と照明がなり、会場にドラゴンが出現した。驚き、ドラゴンに歓声や悲鳴をあげる観客の前で、鉄哲がポニーの角砲《ホーンホウ》で持ち上げられ舞台袖へとはけていく。そして唖然とする物間たちの前に鉄哲の衣装のマントを羽《は》織《お》りフードを被った回原がやってきた。

「俺が代役をやる。鉄哲の体調次第では最後まで」

小声で素《す》早《ばや》く状況説明する回原の顔はひどく強張《こわば》っている。予期せぬ代役抜擢に緊張をかくせない。背格好が一番近く全員のセリフを把握している回原が適任だったのだ。

「大丈夫かい？」

心配そうな二連撃に、回原が強張った顔のまま言う。

「口から心臓出る……！」

「出たら拾《ひろ》って戻してやる。クライマックスが正念場とは、だいぶドラマティックじゃないか。さぁ……B組の真価の見せどころだ」

暗転明転を繰り返す照明のなか、物間は舞台袖の骨抜を見て頷く。骨抜も頷き返し、ドラゴン終了を無線で知らせた。

「ドラゴンも主人の危機がわかるのかな、パリス伯爵！　さぁ今、正義の鉄槌《てっつい》を！」

斬りかかる物間を回原がなんとかよけてみせる。

「は、話を聞け、ロミオよ……っ」

「誰がお前の話など……！」

回原の声が多少震えていたが、ブレない物間の演技と深く被ったフードのおかげで観客に代役と悟《さと》らせない。舞台袖では鉄哲をトイレに連れていった円場と鱗以外、みんな必死に舞台を見守っていた。回原の緊張が痛いほど伝わってきて、ポニーと塩崎が思わず祈る。

「ファイトデース、回原くん……！」

「試練とは神が与えた成長の場……！」

その祈りが通じたのか、回原はなんとか代役として舞台をつないだ。残すは、主人の窮《きゅう》地《ち》に暴れたドラゴンがロミオを襲おうとするが、それをパリス伯爵がかばって、今までの罪とともに実は別の国の王だと告白し、ロミオを後継者に指名。二つの国の王となったロミオは平和を誓い、ジュリエットとハッピーエンド……という流れだ。

城の後ろからドラゴンがロミオこと物間に向かってくる。「危ないっ」と自分をかばい、重傷を負ったパリス伯爵代役の回原に物間が駆け寄る。

「パリス伯爵、どうして僕を……」

「実の息子《むすこ》をかばうのは当然のこと……」

これからパリス伯爵の罪の独白《どくはく》の長台詞《ながぜりふ》だ。緊張する回原に物間が小声で「セリフ忘れたら僕が教える」と言う。回原は小さく頷き、口を開く。

「その昔……ワシは悪行《あくぎょう》の限りを尽くしてきた……」

間違えないように思い出しながらのたどたどしい回原のセリフ回しは、かえって観客に死《し》に際《ぎわ》のリアルさだと勘違いさせた。パリス伯爵の懺悔《ざんげ》と後悔、そしてそうならざるをえなかった境遇《きょうぐう》を知り、会場からすすり泣きが聞こえてくる。

物間は会場の反応に、してやったりと得意げな顔を浮かべた。それに気づいた二連撃と泡瀬が「ロミオ王子……っ」と物間の顔を隠したそのとき、舞台袖に鉄哲たちが戻ってきた。

「みんなワリィ、もう大丈夫だ！」

すっかり顔色も戻っているのを見た面々が、「心配させて！」などと安堵し近づく。

「出すもの出したらスッキリ治《なお》ったぜ。それより回原、大丈夫か？」

「バッチリ観客のハートをつかんでるよ！」

円場の言葉に鉄哲は「やるな！」と言ってから骨抜を見た。

「じゃあこのまま終わりまで回原で……」

「……いや、鉄哲が大丈夫なら、最後くらいは顔を見せて死んでもらったほうがいいかも」

何度もドラゴンを不用意に使うのも不自然過ぎるかと、骨抜は台本を確認する。

「このあとの指輪の精がステージ天井から出るところを、会場の後ろからにしよう。そのときに鉄哲と回原を交代させる」

「会場の注意を引きつければいいのですね」

「がんばりマース！」

骨抜の提案に塩崎たちが会場後ろへと向かう。その間に骨抜は回原に鉄哲と交代だとジェスチャーを送ったが、セリフの最中の回原はそれに気づかない。代わりに気づいた物間が、ならば交代のタイミングは……と考える。あとはパリス伯爵がロミオを自分の国の後継者に指名するだけだ。交代するなら、このあとの指輪の精たちの出番のタイミングだろうと物間は推測し、回原のセリフの合間を見て、こそっと告げた。

「鉄哲と交代だ」

回原がその言葉に舞台袖を見る。骨抜の隣で元気よく手を振る鉄哲を見た途端、回原の気が抜けた。

「回原、続き。ワシの国の後継者は……」

安堵して思わずセリフが止まってしまった回原を物間が小声で促《うなが》す。ハッと我に返った回原は、早く最後になるだろうセリフを言わねばとあわてて口を開いた。

「ワシの国の後継者は……ジュリエットだ！」

「……は？」

思わず物間が聞き返す。観客たちも突然の意外な指名にポカンとした。

「……あっ」

回原の顔がやっちまったとばかりにサーッと青ざめる。ホッとしたあまり、単純だが致命的な名前間違いをしてしまった。舞台袖でも予期せぬ間違いに青ざめるばかりだ。円場が言う。

「骨抜、どうすりゃいいんだよ⁉」

「……とりあえず交代！」

このタイミングを逃せば交代はできないと、骨抜の合図に合わせて観客席の奥から指輪の精こと塩崎と、ヒッポグリフズことポニーと獣郎太が咆哮とともに現れ、観客の視線を集める。その隙に回原と鉄哲が交代する。交代際《ぎわ》、「わりぃ！」と謝る回原。

「ロミオよ、あなたに宿るフォースの力……平和のために使うのです……」

指輪の精の神々《こうごう》しさに観客たちが注目している間に、舞台でも舞台袖でも全員が必死に次の展開を考えていた。

（どうする？　パリス伯爵の冗談ですますか？　いや、いまわの際《きわ》じゃ冗談ですませられない……どうする⁉）

物間が必死に頭を回していたそのとき、ザワと客席がざわめいた。物間が視線の先をたどると、バルコニーにいたはずの小大がいつのまにか近くにきている。

「ジュ、ジュリエット……？」

唖然とする物間の横を通り過ぎ、小大は泡瀬の腰に差していた剣を取る。いったい何をするつもりだというような会場全員の視線を浴びながら、小大は無表情のまま剣をロミオこと物間に向け、そっと口を開いた。

「後継者に指名された者として、決闘を申しこむ」

「唯、どした⁉」

小大は小大で、困ったみんなを見てなんとか舞台を成立させなくてはと奮《ふる》い立《た》ったのだ。

「は⁉」

「決闘って！」

舞台袖で予想外の展開に取蔭や円場たちがあわてふためくが、舞台に出て助けることはできない。それをヒシヒシと感じた鉄哲が言った。

「じ、実はお前たちは腹違いの兄妹なんだ！　ジュリエットを後継者にしようかと思ったが、ジュリエットがそこまでいうならばしかたない。兄妹どちらか勝ったほうを後継者とする……！」

「はぁぁ⁉」

今までやってきた話はなんだったんだと憤慨《ふんがい》を隠せない物間に、小大はスッと剣を構える。それを見た二連撃と泡瀬も、なんとか小大をフォローしなくてはと声をあげた。

「ジュリエットはやる気だ！　王子！　ここは正々堂々と戦ってください！」

「ゴンドールの未来を背負って！」

「……わかった、勝負しよう。ジュリエット改め、妹よ」

「ロミオ、いいえお兄様……」

勝負するしかなくなった物間が、剣を構え小大と向かい合った。

舞台袖の骨抜たちは、こうなったらいつでも何でも対応できるようにしておかなくてはと、ハラハラしながら見守る。

物間と小大の殺陣が始まった。アドリブなので一手先がわからない。

（どうする⁉　勝てばいいのか負ければいいのか……というよりどうやってこの舞台の幕を閉じればいいんだ⁉）

物間が迷っている間に小大の剣が物間を追い詰めた。城の書割にぶつかり、その振動でドラゴンがずれ、小大めがけて落ちてくる。

「ぐはっ！」

とっさにかばった物間にドラゴンが直撃し、拳藤の手刀《しゅとう》を受けたようにキュウと物間は失神してしまった。ふたたび、この先、いったいどうするんだと小大に視線が集まる。

失神した物間をじっと見下ろしていた小大が、ふいにドラゴンを斬りつけた。その動きにあわてて吹出と鎌切が音と照明をつける。

「――お兄様の仇《かたき》」

無表情ながらも、その声には怒りと悲しみが滲《にじ》んでいる……ように感じる。

人間にとって感情は生きていくうえで重要なコミュニケーションツール。だから、無表情のなかにも、抑揚《よくよう》のない声色のなかにも、突発的なわけのわからない行動のなかにも、感情を見出《みいだ》そうとするのが人間の性《さが》だ。理解できなくても、なんとか理解しようと想像力を総動員させる。そして、都合よく受け取る。舞台袖で見ていた面々がハッとした。

「自分をかばったロミオをやっつけたドラゴンを退治したノコ！」

「決闘しつつも、やはり兄を思う気持ちがあったんだ……！」

「無表情なのに、声色と瞳だけで十分に気持ちが伝わってくる……！」

「あの子、女優よ……天性の女優なんだわ……！」

「唯のなかの一つの仮面が目覚めた……！」

舞台をやると決まってからみんなで回し読みした名作演劇漫画に多少感化されている面々だった。舞台では、小大がステージの真ん中に進み出て、観客を見回し言った。

「私は誓う。お父様の国でも、お兄様の国でもない、新しい国を作る。平和で希望に満ちた新しい世界を……！」

その勇ましい宣言に死に際を忘れた鉄哲が叫んだ。

「お前ならできる！」

「私もついていきます！」

「私も！」

二連撃と泡瀬もそれに続く。それに応《こた》えるように小大ことジュリエットがバッと剣を掲げた。

「——さぁ、ともに未来へ」

凛々《りり》しい女王の誕生に、呆然《ぼうぜん》としていた観客たちからパラパラと拍手が起こったかと思うや否《いな》や、スタンディングオベーションとともに洪水のような歓声があがった。

舞台とは、生き物である。拙《つたな》くても情熱あふれる作品と観客の総動員された理解力がぶつかって交《ま》じり合《あ》い爆発し、わけのわからない感動を生むのだ。

あっけにとられていた骨抜がハッとして、幕を下ろすボタンを押した。幕が下りきった途端、舞台袖のみんなが舞台へとダッと上がった。

「唯、ムチャすんだから～！　でもよかったよ!!」

「どうなることかと思った……」

「物間、大丈夫？」

それぞれ健闘をたたえ合ったり、安堵したりしていると、失神していた物間が目を覚ました。起きるなり「どうなった!?」と尋ねる。それに骨抜が答えた。

「このとおり」

幕の向こうで拍手はまだ続いている。きょとんとしていた物間だったが、その音にすべてを悟り、「……まぁ終わりよければすべて良しってね」と皮肉《ひにく》っぽくいつもどおりに笑う。

「そうだね」

とホッと息を吐く骨抜に、みんなが「おつかれ！」と労《ねぎら》う。「本当に疲れた」と言う骨抜に、みんなも「本当に……！」とどっと息を吐く。それに苦笑した骨抜だったが、ふと何かに気づいてパンパンと手を叩いてみんなの注目を集めて言った。

「あともう一仕事。カーテンコール」

ありがたくも、拍手はまだ続いていた。万雷の拍手はエネルギーの塊《かたまり》だ。だからどんなに疲れていても、また舞台をやってみたいと思わせてしまう。

表舞台でも舞台裏でも、やりきった者たちに笑顔が浮かぶ。

そしてふたたび、幕が上がった。

Part《パート》.4

女の闘い《ミスコン》

——今、何幕目かな。

拳藤一佳《けんどういっか》は控室の折りたたみイスにどこか所在《しょざい》なさそうに腰かけながら、壁にかけられた時計を見た。時計の針の差す時間は舞台が始まってから予定のおよそ半分を過ぎていた。開いている窓から心地よい風が入ってきて、カーテンを優しく揺らす。天気に恵まれ、一〇月だというのに半袖《はんそで》でも寒くない陽気だ。

小道具やメイク直しなどを持ったつき添《そ》いの柳《やなぎ》レイ子が気づいて声をかける。

「うまくいってるかな？　舞台」

「だといいけど」

B組の出し物は演劇だ。前日の通《とお》し稽古《げいこ》を見せてもらった拳藤と柳だったが、がんばっていたみんなを知っているからか思わず感動してしまった。なにごともなくいけば、きっといい舞台になるはずだ。

心配する気持ち半分、大丈夫《だいじょうぶ》だと信じている気持ち半分で拳藤は苦笑《くしょう》する。いつもの自分だったら「きっと大丈夫だよ」くらいは言っていたかもしれない。

「緊張してる？」

そんな拳藤の気持ちを感じているのか、柳が少し心配そうに覗《のぞ》きこんできたのに気づいて、拳藤はにこっと笑って立ち上がった。

ダメだな、私らしくない。

「……大丈夫！　そろそろ移動しないとね。あ、私持つよ」

「いいって。一佳の本番はこれからなんだから」

拳藤が荷物を持とうとすると柳はそう言って先に控室を出た。ミスコンのリハーサルのためだ。拳藤は柳の気遣《きづか》いに、むずがゆそうな顔をしながらあとに続く。

着慣《きな》れない華《はな》やかなドレスに、薄手のスタッフジャンパーを羽織《はお》り廊下を歩いていくと、すれ違う男子生徒や女子生徒がひそやかな、けれど興奮を隠せない視線を向けてくる。向けられている本人は針の筵《むしろ》だ。

（スースー、サラサラするなぁ……）

物間《ものま》などB組の仲間も褒《ほ》めてくれた。おべっかじゃなくみんな、本心から言ってくれているのがわかった。

けれど、着慣れないドレスは何度試着しても慣れない。

（八百万《やおよろず》とかなら自然に着こなすんだろうなぁ）

拳藤は以前、職場体験で一緒に活動した八百万のことを思い出した。生まれながらのお嬢様という雰囲気をまとった八百万なら、こんなドレスなどさらりと着こなしてしまうのだろう。だが、A組自体、ミスコンに不参加だった。

初めて出場するミスコンテスト。女性たちが美しさを競《きそ》うのがイベントとして盛りあがるのはわかる。美しさを追求する姿は、同じ女性として尊敬もする。

けれど、拳藤にとっては美しさとか可愛《かわい》さといった容姿に関するものは二の次だった。どちらかというと男性的なカッコよさのほうに惹《ひ》かれてしまう。だからといって男性になりたいわけでもない。ただの趣味だ。

だが、ミスコンなどに出場する女性は、当然、女性的な美しさを評価される。出場する側なんて想像もしたことがなかった。文化祭でミスコンが開催されると担任のブラド先生から聞いたときも、ハナから興味もなかった。

なのに出場することになったのは物間の強い推薦《すいせん》があったからだった。

「ウチのクラスから出るなら、当然拳藤だよ」

そう言って、あっというまにクラスを説得してしまった。そもそも名前があがった時点で、みんな納得してしまい、背を押しまくりでほかの候補があがる隙《すき》もなかったのだ。

「いや、ちょっと待って。私、そういうのは向いてないよ」

拳藤はもちろん断《ことわ》った。だが、物間がB組のことを考えて言っているのがわかったし、なによりクラスのみんなが期待してくれていた。

自分のためなら絶対にやらない。けれど、クラスのためになるのなら。

そう思って拳藤は渋々《しぶしぶ》ミスコンに出場することにしたのだ。やるとなったらてっぺんを狙《ねら》うつもりではいる。いるけれど、どうしても自分のなかで場違い感がぬぐえない。

出場することが決まってから、ずっと自分が自分らしくない気がしている。

（――いかん、いかん！）

ミスコン会場後ろの控室につき、拳藤はそんな自分を振り払おうと、両手で自分の頬《ほお》をパンッと叩《たた》く。その音に気づいて振り返った柳がヒャッと肝《きも》を冷やしたように驚いた。

「なにしてんの？」

「ちょっと気合をさ」

「赤くなってるじゃん～」

柳が拳藤の頬を冷やそうと、荷物を置き自分の手を当てる。柳の手は幽霊のように冷たく、拳藤は小さく身震いした。

「どうしたの？　痛い痛いのとんでけーってやってるの？」

「ねじれ先輩」

きょとんと不思議そうに声をかけてきた波動《はどう》ねじれに、拳藤はあわてて「いえ、ちょっと気合を入れただけで」と返す。するとねじれがにこっと笑った。

「気合かー、わたしも入れよう、気合！　ふんー！」

無邪気《むじゃき》に拳《こぶし》を握って気合を入れているねじれに、つきそいの甲矢有弓《はやゆうゆ》が苦笑しながら声をかける。

「ねじれ、あんまり気合入れすぎて〝個性〟出しちゃダメだよ」

「わかってるってばー」

「喉《のど》渇いてない？　ジャスミンティーあるよ」

「ありがと。渇いたー」

ねじれがジャスミンティーを飲んでいる間も、甲矢はイヤリングやヘッドドレスなどを吟味《ぎんみ》しては「ねじれに似合うのは……」と真剣に悩んでいる。

雄英《ゆうえい》ビッグ3《スリー》の一人とは思えないほど無邪気な様子《ようす》のねじれに、拳藤や、少し緊張していたほかの出場者たちも思わず肩の力が抜け、釣《つ》られて笑顔になった。カリスマとは実力を備《そな》えながら、人としての魅力にあふれた人のことをいうのだと実感させられる。

そしてもう一人のカリスマが控室へと入ってきた。

「オホホホホホホホホ！　ごきげんよう、皆さん！」

「絢爛崎《けんらんざき》先輩！」

サポート科3年、絢爛崎美々美《びびみ》。二年連続して雄英ミスコンテストの覇者《はしゃ》であり、美を追求し、また美を生み出し、日々を美しく生きる美の化身《けしん》である。その美しく長いまつ毛は、その長さのあまり、地震を察知するとか、避雷針《ひらいしん》だとか、UFO着陸の目印だとか言われている。その美しさが生んだファビュラスは数えきれず、絢爛崎は雄英の生きる伝説と言われていた。

直視できないゴージャスな美しさに拳藤たちの目が眩《くら》む。目が慣れるまで少々の時間がかかる、それが絢爛崎の美しさだ。

「今日は決戦の日、お互いに悔《く》いの残らない戦いをしましょう！」

「は、はい……！」

絢爛崎の美しさに、ねじれ以外の出場者たちに緊張が走る。あの絢爛崎さんに声をかけられたという喜びと、敗北の予感が入《い》り交《ま》じった空気になった。

ねじれが周囲を和《なご》ませる天性のかわいさだとすると、絢爛崎は周囲に緊張感を与える美しさ。魅力の方向性として二人は正反対だった。

絢爛崎がねじれに近づく。去年のグランプリと準グランプリの対峙《たいじ》に、周囲が息を飲んで見つめる。

「よろしくね、ねじれさん」

「うん、がんばろうね。今年は負けないよー」

無邪気に勝利宣言をしたねじれに、絢爛崎の長いまつ毛がピクリと揺れた。

すわ、地震か⁉　雷か⁉　それともＵＦＯが⁉　と、周囲の人間があたりを警戒する。

「あらごめんあそばせ、今年も私が勝ちますわ。それより早くドレスにお着替えになったら？」

「もう着替えてるけど？」

「あらごめんあそばせ！　あまりに地味なのでふだん着なのかと思いましたわ！　オホホホホホホホ！」

「ムゥーいじわる言ってー！　かわいいドレスだもんっ」

（おおー……女同士のバチバチだ……！）

拳藤自身、さっぱりとした性格なので友達も自然とそういうタイプが多かった。だから女同士の対立などはあまり経験したことがない。だからいざそういう場面に直面すると、「これがたまに漫画とかドラマとかで出てくるヤツか」というのが正直な感想だ。だが、周囲はバチバチの空気にどうしていいかわからず固まっている。

（大ごとになるとは思えないけど、やっぱ止めたほうがいいよね）

そう思って根っからの姉御《あねご》肌《はだ》の拳藤が間に入ろうとした瞬間、先に誰かが飛び出した。

「ちょっと絢爛崎さんっ、ねじれにからむのやめてくれる?」

「有弓」

熊に遭遇した主人を守ろうとする忠犬のように今にも噛《か》みつかんばかりの甲矢に、ねじれが驚く。さっきまでは本人たちもわかってやっているようなバチバチさだったが、甲矢のピリピリしたまなざしはまた違った空気で周囲を凍《こお》らせる。

しかし絢爛崎の美しさは、それに動じることはなかった。

「甲矢さん、つき添いの方の余裕のなさはねじれさんに伝わるのではなくて? 焦《あせ》りは美しくなくてよ」

「っ……」

甲矢が核心《かくしん》をつかれたように言葉につまったそのとき、ミスコン実行委員が入ってきてリハーサルの順番などを説明しはじめた。

不吉にもどこからか、カァカァと華やかなステージには似つかわしくないカラスの鳴き声が聞こえてくる。

拳藤は説明を聞きながら、甲矢をそっと盗み見た。戸惑《とまど》っているようなねじれの隣で、甲矢は顔をしかめてうつむいている。

（どうしたんだろ、甲矢先輩……）

拳藤は甲矢とミスコンの説明会などで顔を合わせたりした程度だったが、金髪ショートカットで、耳にいくつもピアスをつけていたりする目立つ外見とは反対に、3年らしく落ち着いた印象があった。隣にいたねじれが無邪気だからよけいそう思えたのかもしれないが。挨拶《あいさつ》すれば笑顔で答えてくれたし、わからないことがあったら何でも訊《き》いてと言ってくれたりした。

だから、さっきみたいに敵意むき出しで誰かにからんでいくのを見て驚いた。

それはやはり女の戦いがそうさせてしまうのだろうか？

もしそうだったら、やっぱり私は場違いだと拳藤は思った。


リハーサルも無事終わり、出場者はそれぞれの控室へと戻っていった。

「なんかピリピリだったねー」

戻ってきて、ふうと息を吐いた拳藤に柳がおもしろがるでもなく、ただの感想というふうに話しかけた。

「あー、うん。ビックリした。……やっぱりさ」

「うん」

「……いや、やっぱなんでもない」

柳は「そう？」と確認するが、拳藤は笑って頷《うなず》き、リハーサルで少しだけ披露《ひろう》した演武について「どうだった？」と話を変える。

女同士の戦いについて話したいのか、それとも自分がどんなに場違いだと打ち明けてしまいたいのか、よくわからなかった。わからないまま話せば結局愚痴《ぐち》になってしまう。

「ビッとしててよかったよ。それよりドレスの裾《すそ》、キツくなかった？」

「大丈夫、あんまり足広げない型だし」

ミスコンのアピールで、拳藤は習っている武道の型を披露することにした。女性的なアピールを探したが、結局得意なことに落ち着いた。ほかの出場者もダンスだったり、歌だったりと自分の得意分野で勝負する。それぞれ触《さわ》りだけリハーサルして、全容は本番までとっておくことになっている。ちなみに絢爛崎はリハーサルをせず、「本番をお楽しみに！」だった。

「お昼どうする？　おなかすいた？」

「そうでもない。終わってから食べるよ。レイ子は食べちゃって」

「私もそんなすいてないわー」

そんな会話をしながら、あとは出番を待つばかりかと拳藤が時計を見たそのとき、隣の控室から「なによ、これ！」という声が聞こえてきた。二人はきょとんと顔を見合わせる。隣はねじれの控室だ。

「……あの、どうかしたんですか？」

気になった拳藤たちは隣の控室を覗く。すると困った様子のねじれの横で甲矢がハイヒールと釘を持っていた。甲矢の顔は怒《いか》りに震えている。

「……ねじれのハイヒールに釘が入ってたの……っ」

「えっ」

「いやがらせなんて誰が……！」

怒りがおさまらない甲矢に、ねじれが「んー」と困ったように言う。

「いやがらせかどうかわかんないよ？　たまたま入っちゃったとか」

「たまたま入っちゃう釘なんてあるわけないでしょっ？」

怒りながらも突っこんだ甲矢に、拳藤は内心同意した。でも、いやがらせという意見にも疑問が残る。甲矢の手にしている釘はけっこうな大きさだ。仮にいやがらせだとすると大きすぎるのだ。いやがらせとしてハイヒールに忍ばせるなら、もっと小さい画びょうなどが適当なところだろう。大きな釘では、見つけてくれと言わんばかりだ。

けれど、甲矢は怒りで我を忘れているのか、いやがらせだと思いこんでいるようだった。

「もしかして絢爛崎さんが……」

ハッとしてそう言った甲矢に、ねじれが少し怒ったように顔をしかめる。

「ダメだよー。なんの証拠もないのにそんなこと」

「……ごめん。でも……ねじれに優勝させないようにしたいのは連覇《れんぱ》してる絢爛崎さんしか……」

「ダメって言った」

メッとするねじれに、甲矢はなにも言えなくなった。気まずい空気に拳藤がいたたまれなくなったそのとき、隣の控室から「もっとよくお探しなさい！」という声がした。隣は絢爛崎の部屋だ。四人は顔を見合わせる。

「あの、どうかしたんですか？」

聞こえてしまった以上、気になってしまい、拳藤たちは絢爛崎に声をかける。

「あらみなさん。それが……私の本番でつけるジュエリーが見当たらなくなってしまったの。このリハーサル前まではこのテーブルの上にあったはずなんですけれど……！」

窓辺《まどべ》のテーブルの上のジュエリーケースを指《さ》す絢爛崎。つき添いの生徒は焦った様子であたりを探している。

　風で揺れるカーテンに飛び立つ鳥の影が映《うつ》った。

「窓は開けっぱなしだったんですか？　ドアにカギは？」

「少しの間だからと思ってそのまま出てしまったわ」

　不用心だなと思いながらも、拳藤たちも控室にカギをかけていなかった。学校内ということもあり、大概《たいがい》の出場者はかけていないだろう。

　もし盗難だったらどうしたら……と考えていた拳藤に、柳が独《ひと》り言《ごと》のように小さく呟《つぶや》く。

「うーん、っぽくなってきたなー」

　その声に拳藤が聞く。

「ぽいって何が？」

「こういうミスコンによくあるいやがらせ的なやつ」

　ミスコンのことをネットで調べてみたら舞台裏でドロドロのいやがらせ合戦が繰り広げられていると書いてあったという。「ま、本当か嘘《うそ》かわからないけどね」と柳。柳の趣味はネットサーフィンだ。

「もー、今はシャレになんないよ……」

　と拳藤は小声でたしなめる。いやがらせかどうかはわからないが、ハイヒールに釘が入っていたり、ジュエリーがなくなったりしたのは事実である。結びつけようと思えば、いくらでも結びつけられてしまう。

（いやがらせか……本当にいやがらせだったらどうしよう……）

華やかな舞台の裏で、足の引っ張り合いをするドロドロの女同士の戦い。下世話《げせわ》なワイドショーが涎《よだれ》を垂《た》らして取り上げそうな話題だ。

女同士って本当にそうなんだろうか？　拳藤は思う。「やっぱり女同士って陰湿《いんしつ》なんだねー」など男にしたり顔で言われるような関係なんだろうか？　私も、そんな女の一部なんだろうか？

『女』というレッテルが、ときに重く感じることがある。

私は、『私』でいたいのに。

でもきっとそれは、男の人もそうなんだろう。そして自分が『女』にも『男』にも当てはまらないと感じている人も。いつのまにか誰かに勝手にカテゴライズされているように感じる。

『女』だからだとか、『男』だからとか、面倒《めんどう》くさい。

（ん？　……男……面倒くさい……面倒くさい男……）

頭のなかのつながったキーワードから、拳藤は一人の男子生徒の顔が思い浮かんだ。

A組に嬉々《きき》として突っかかりにいく面倒くさい男、物間。

「いいかい、拳藤！　絶対に優勝するんだ！　そしてB組の存在を雄英に知らしめるんだよ！　そのためなら僕はどんな応援も惜しまないさぁ!!!」

出場することを決めた拳藤に物間が言った言葉を思い出し、拳藤の顔がサーッと青ざめる。そんなことはしないと信じている。けれど万が一の可能性を捨てきれない。

（もし物間のいう応援がいやがらせっていう形の応援だったらどうしよう……!?）

物間のB組への愛情は常《つね》にあふれている。あふれまくっているから拳藤は手刀でストップをかけなくてはならないのだ。

しかしそのとき、遠くからバタバタバタッという足音が聞こえてくる。

「わたしのベイビーのリモコンありますかー!?」

と、叫びながら駆《か》けこんできたのは少々薄汚れたタンクトップの生徒、発目《はつめ》だった。

「絢爛崎先輩！　ありますか!?」

「いったいなんのこと？　明《めい》！　お風呂に入りなさいとあれほど口を酸《す》っぱくして忠告したのに入ってませんね!?」

「朝まで調整作業してたので！」

スススッと絢爛崎に近づき、テンション高く答える発目を見て拳藤は二人が同じサポート科だと思い出した。

「それで、リモコンがなんですって？」

絢爛崎は、発目に発明以外のことを優先させようとするのは無理があるとあきらめたように首を振りながら聞く。

「リモコンです!!　技術展示会で披露する、わたしのドッカワベイビー第２０２子の！」

体育祭がヒーロー科の晴れ舞台だとすると、文化祭は普通科、経営科、サポート科の晴れ舞台だ。とくにサポート科は全学年一律《いちりつ》で技術展示会を開き、毎年注目を集めている。今年はごく一部の関係者を除いた学内だけの文化祭なので例年よりは格段に少なくなるが、それでも厳選された企業の関係者も訪れることになっている。自分の開発したアイテムが企業の目にとまれば、卒業と同時にスカウトされることも夢ではないのだ。

そんな大事な展示会で展示するサポートアイテムのリモコンを発目は失《な》くしてしまったという。リモコンがなければ動かすこともできない。

「ここにはないわ。さっきジュエリーを探したけど、リモコンなんて見当たらなかったわ」

「そんな!!」

「なにをやっているの！　予備は!?」

「サポートの開発に時間をかけたので作ってません！」

「工房は探したんでしょうね⁉」

「もちろん探しました！　教室、寮、食堂、トイレも！　行ったところはくまなく探しました！　あとはここだけなんです！」

「なぜ⁉」

「絢爛崎先輩にもっとキラキラさせたほうがいいとのアドバイスをいただいたので、見てもらおうかと思い、さっき来たんですよ！　先輩はいませんでしたが！　あぁどうしましょう、絢爛崎先輩！　あともう少しで展示会が始まります！　こうなったら手動で動かすしかないでしょうか⁉　それとも私がなかに入って直接動かすほうが効率的でしょうか⁉」

寝不足で充血した目がパニックで見開かれていく。早口でまくし立てる様子はショート寸前のロボットのよう。

そのとき、絢爛崎のまつ毛が動いた。発目の瞬《まばた》きを忘れた目を、唾《つば》を飛ばす口を、優しくなでるように、だが確かな強度を持って閉じさせる。

「むぐぐぐ？」

絢爛崎先輩？　と言いたそうな発目を、絢爛崎が一喝《いっかつ》する。

「サポート科たるもの、どんなときでも美しく！」

発目のまぶたを押さえていた絢爛崎の長いまつ毛が離れ、目をぱちくりさせる発目に絢爛崎は続けた。

「だから落ち着きなさい、私も探してさしあげます」

きっぱりと言いきった絢爛崎に、拳藤は少し目を見開く。

「いいんですか！　でも絢爛崎先輩はこれからミスコンでは⁉」

「時間はまだあります」

そう言った絢爛崎に、今まで黙ってやりとりをきょろきょろと見ていたねじれがパッと手をあげた。

「はいはい、探すよー。私も」

「ねじれっ？」

驚く甲矢。ねじれはにこっと笑う。

「だって探すなら人数が多いほうが見つかる可能性が高いよー」

あたりまえのようにそう言ったねじれに、拳藤は少しハッとする。そしてあわてて言った。

「あのっ、私も探します」

「あらあら……よろしいの？」

「いーよ。ほら、早く探そ。時間ないよー」

「ありがとうございますっっ!!」

やっと少し落ち着きを取り戻した発目に、絢爛崎がほかに探し忘れた場所は本当にないのかと問うと、発目はそういえばと思い出す。

「戻るときに通った森のなかを忘れてました！」

絢爛崎のつき添い係にミスコン委員への説明を託《たく》し、急いで全員で森へと駆けだす。拳藤は走りながら、隣を走る柳をつき合わせてしまったかと謝《あやま》った。

「つき添いだけが残っててもしょーがないでしょ。それに一佳ならそう言うだろうなと思ってたし」

「……ありがと」

そして拳藤は少し後ろを走る甲矢を振り返る。探すと言いだしたねじれに甲矢は、何か言いたそうにしていたが黙ってついてきた。ねじれはすっかり探しモードになっているのか、走りながらリモコンの形状を訊き出したりしている。

（ケンカ……ってわけじゃないと思うんだけど）

甲矢はギュウと眉《まゆ》を寄せて一見、不機嫌《ふきげん》そうに見えた。

「え、波動さん、どこ行くの」

そう声をかけてきたのは天喰《あまじき》だった。天喰もねじれのミスコンのサポートをしていたので、これから控室に行こうとしていたところだった。

ワケを聞くと天喰も一緒に探すことになった。〝個性〟の再現《さいげん》で羽を出し、上から探すことにする。ちなみに羽はさっき屋台で食べたというウズラの卵のものだ。

「それではみなさん、私のドッカワベイビーのリモコンをよろしくお願いします‼」

森に着き、みんなでそれぞれ発目が通った近辺を手分けして探す。

「私のまつ毛が枝に……フンッ」

絢爛崎は枝に引っかかったまつ毛を、まつ毛の力だけでのけながら探していく。ドレスも気にしながら、姿勢よく探す動きは、華麗《かれい》なコンテンポラリーダンスのようだ。

拳藤はそんな絢爛崎を見て、さっききっぱりと探すと言いきったときのことを思い出していた。自分のことに集中したいだろうときに、あんなふうにすぐ決断できる絢爛崎がとてもカッコよく思えたのだ。そして、そのあとのねじれも。直接自分とは関係がない後輩の窮地《きゅうち》にさらっと力を貸せる度量。

「ベイビーリモコン、出ておいでー！」

近くで這《は》いつくばるように必死に探している発目に、拳藤は探しながら声をかける。

「……大丈夫、絶対みつかるよ」

「ありがとうございます！　カワイイベイビーのお披露目《ひろめ》、絶対に成功させてあげたいんです！　すごい子なんですよ、どんな場所でも活躍できる性能を備えながら、どんな〝個性〟を持つ方でも簡単に操作できるのが売りでして！」

そのとき、発目のおなかがグキュルル～ッと鳴った。その尋常《じんじょう》ではない音に拳藤が訊く。

「朝ごはん食べてないの？」

「あ、そういえば昨日《きのう》からなにも食べてませんでした。ちなみに寝るのも忘れてました」

「ええっ、大丈夫⁉」

「大丈夫です。あとで二日分食べて寝ます」

二日間、なにも食べずにずっとサポートアイテムを作っていたということだろうか。尋常でない集中力に拳藤は感心を通り越してあきれた。

「サポート科の人ってみんなそんな感じなの？」

「まぁ集中すると没頭しちゃいますし。でも絢爛崎先輩は違います。規則正しく寝起きし、食事をとり、決まった時間だけ集中します。それが美しいスケジュールだからだそうです。しかし、デザインは一〇日寝てないんじゃないかというほど大胆で斬新《ざんしん》で豪華絢爛なモノなんです！　すでにマニアックで熱狂的なファンがついているそうですよ！」

発目はだんだんとしゃべることに集中してきたらしく、バッと拳藤に近づいた。

「しかし作業の合間に私たちのことにも目を配り、いろいろ面倒も見てくれるんです！　毎日お風呂に入りなさいとか、多少口うるさいところはありますが、基本とても頼りになる先輩なんですよ！」

「発目さん、リモコン！」

「あっ、そうでした！　ベイビー、どこですかー⁉」

発目はハッと我に返り、ふたたび血眼《ちまなこ》になって探しだす。

（きっと一つのことに集中しちゃうタイプなんだろうな）

拳藤はジャマしちゃいけないと、自分も探すことに集中する。少しずつ移動しながら木の間などを注意して見ていると、柔《やわ》らかい何かにぶつかった。「えっ」というような声がして、それが人間だとわかった。

「ごめんなさい！　あ、甲矢先輩……」

「拳藤さん……。ううん、大丈夫」

甲矢の顔には、さっきの不機嫌さがまだ残っていた。なんと声をかけていいかわからず拳藤が黙々と探していると、甲矢がためらいがちに声をかけてきた。

「……なんか、さっきはごめんね。ヘンな空気にしちゃって」

「あ、いえ、全然！」

「自分でわかってるんだ、神経質になってるって。ほんと、絢爛崎さんの言うとおり、余裕ないや……」

自虐的《じぎゃく》に笑った甲矢の顔を見て、拳藤はさっきの不機嫌さが甲矢自身に向けられていたものだとだわかった。

「……探しながらでよかったら聞きますよ？　私でよければ」

そう言った拳藤に、甲矢は「それじゃ、探しながら言わせてもらおうかな」と苦《にが》い顔で笑って口を開いた。

「……私が推薦したんだよね、ねじれにミスコンに出るようにって。だって、あんなにかわいいんだもん。絶対優勝するって思って。……でも二年連続で絢爛崎さんに負けちゃった。……負けさせちゃった。まぁ、ねじれのかわいさがわからない審査員の目が腐《くさ》ってるとは思ってるけどね！　ねじれは銀河一かわいいのに！」

そのときのことを思い出しているのか、甲矢の鼻息が荒くなる。甲矢はねじれのこういうところがかわいい、ああいうところもかわいい、なにしていてもかわいいと力説する。

（なんだかのろけ話聞いてるみたい）

先輩だが、キラキラと目を輝かせて話している様子を拳藤は微笑《ほほえ》ましく感じた。だが、そんな甲矢の顔がふと暗くなる。

「——だからさ、ずっと、つけなくていい傷つけちゃったような気がしてて……。ミスコンになんか出なくても、ねじれがかわいいのは変わらないのに。……でも、今年は自分から出るって言ったんだ、ねじれ。今年こそ勝ちたいって。だから絶対に勝ってほしくて、そのためならなんでもしようって気負《きお》っちゃったんだよね……ねじれに心配かけるなんて、サイテーだ、私……。いつもはさ、もっとちゃんとしてるんだよ？　でも本番が近づくにつれてどんどん余裕なくなっちゃっていつもの私らしくできない……」

「っ……」

自分を責《せ》めている甲矢を拳藤は励《はげ》ましたかった。でも、なにも言葉が出てこない。

だって自分もそうだから。

だが、そのときすぐ近くから声がした。

「有弓」

「ねじれ……」

近くの木の影から顔を覗かせたのはねじれだった。いつもと違う神妙《しんみょう》なまなざしが、さっきの甲矢の話を聞いていたことを物語っていた。

「ねじれ、私——」

「有弓、あのね——」

二人が同時に口を開いたそのとき、天喰の声がした。

「みんな、犯人みつけたよ！」

その声に全員が「犯人？」と顔を見合わせ、声の方向へと急ぐ。「どこですかー⁉」とやってきた発目や絢爛崎とともに、空に浮いている天喰が指差すほうを見た拳藤たちは「えっ」と驚いた。

「カァカァカァ！」

天喰を威嚇《いかく》するように鳴いているのはカラスだった。

「カラス？」

「どういうこと？」

とまどう拳藤たちに天喰はカラスを警戒しながら、カラスの近くの枝を「見て」と指差す。枝には派手なジュエリーなどとともにキラキラと輝くリモコンらしきものがある。

「あれです!! 私のベイビーリモコン!!」

「私のジュエリーも!!」

叫ぶ発目に絢爛崎。天喰が言う。

「カラスって光るものが好きって何かで見た気がする」

「つまり、カラスが持っていったってこと⁉」

意外な犯人に驚く拳藤たちだったが、とにかくみつかったことを喜んだ。あとは天喰にリモコンとジュエリーを取ってきてもらえば一件落着だ。

「カァァァ!!」

だが、事はそう簡単にはいかなかった。自分のコレクションを奪おうとする天喰を敵だと認識したのか、カラスがすごい剣幕《けんまく》で襲ってきたのだ。

「ちょっ、やめて、返してもらうだけだから……ちょっ、怖《こわ》い!」

敵《ヴィラン》相手なら戦う方法はいくらでもある。しかし、相手が鳥類とは初めてのことだ。しかも鳥類のなかでもカラスはとても頭がいい生き物。カラスは人間相手に力でかなわないことを知っている。だから、早々に自分の宝物を持って逃げることにした。天喰がひるんだ隙に、器用にも絢爛崎のネックレスを首にかけリモコンを咥《くわ》えて飛び立つ。

全員あわててそれを追いかけた。

「ごめん……でも近くで見るとカラスって怖い……」

すまなそうに謝る天喰に、ねじれが「しょうがないなー」と〝個性〟の波動《はどう》で浮かび上がりカラスを追った。飛んでいるカラスの前に頭上から現れ、ネックレスとリモコンをサッと取りすぐさま後ろへと逃げる。発目がうれしそうに声をあげた。

「ありがとうございます！　お名前は存じませんが！」

「波動ねじれだよー」

「あっ、波動さん、危ない！」

天喰の声にねじれが振り向くと、怒ったカラスが突進してくるところだった。

「ひゃっ」

間一髪でよけたものの、カラスは攻撃の手を緩《ゆる》めず、ねじれに「カーカーカーカー！」と周囲に響くように大きく鳴きながら襲いかかってくる。

「ねじれっ」

心配そうな甲矢の横で、拳藤もなんとか救《たす》けなければと〝個性〟の大拳《たいけん》で手を大きくする。しかし届かない高さなので、せめて追い払えないかと手で風を起こした。風圧にカラスが一瞬怯《ひる》んだと思った次の瞬間。

「カァカァカァ!!」

数十羽のカラスの大群が現れ、ねじれと天喰だけでなく、下にいる拳藤たちも敵と認識したようにいっせいに攻撃してきた。一羽では無理だと判断したカラスが仲間を呼んだのだ。

「うわっ!?　ちょっとやめて！」

拳藤は柳たちをかばい、大拳《たいけん》で追い払う。本気を出すまでもなく一網打尽《いちもうだじん》にはできるが、敵ではないのだからなるべくなら傷つけず穏便にすませたい。そう思っているのはねじれと天喰も一緒で、どう対処すればいいのか戸惑っていた。だがそのとき、絢爛崎が「ちょっとお待ちになっていて！」と駆けだす。

「絢爛崎先輩!?」

カラスがそのあとを追いかけるが、絢爛崎は髪に飾っていたキラキラ光るかんざしを「追いかけておいき！」と投げ、その隙に駆けていく。

「ダメなのっ、これは大事なリモコンなんだってばー！」

その間にも攻撃されているねじれが必死に発目のリモコンと絢爛崎のネックレスを守っている。甲矢が矢《や》も盾《たて》もたまらずねじれのもとへと駆けていった。

「ねじれっ、リモコンとネックレスこっちに投げて！」

発目も駆け寄り叫んだ。

「私なら大丈夫です！　受け取ったら全速力で逃げきってみせますので！」

そんな二人の提案に拳藤は頭をしぼる。展示会まで時間がない。最優先すべきは、発目がリモコンを持って展示会場へ急ぐこと。拳藤はねじれと天喰に声をかけた。

「発目さんがリモコン受け取ったら、私ができるだけカラスを捕《つか》まえます。でも全部はムリなので――」

「私と天喰くんで残りを散らせばいい？　大丈夫だよ、ね、天喰くん」

「あぁ、ここでじっとカラスに耐えているよりずっといい」

気弱そうながらも天喰も頷き、ねじれが隙を見て発目にリモコンを投げる。

「あぁ愛《いと》しのベイビーリモコン!!」

そして発目はダッと駆けだした。それに気づいたカラスたちが追いかける。しかしそれを拳藤が大拳《たいけん》で何羽かバッと確保し、そのまま大拳《たいけん》をドームのようにして地面との間に囲う。ねじれと天喰もすぐさま発目を追うカラスを追い払おうとしたそのとき、急ぐあまり発目が豪快に転《ころ》んでしまった。

「あっ」

思わず救《たす》けようと拳藤の体が反応して前のめりになってしまう。その拍子《ひょうし》に大拳《たいけん》が地面からわずかに浮きあがって、その隙間からカラスが抜け出した。

しまったと思ったときには、カラスがねじれたちを攻撃し、また発目へも向かう。

（なにやってんだ、私――！）

拳藤が自分を責めたそのとき、ドッドッドッと地面を削《けず》るような重厚な音が近づいてきた。

「なにあれ」

柳が驚いて目を丸くする。道の向こうからやってきたのは、絢爛崎の巨大な顔だった。カラスもなにごとかとギャアギャアとざわめいている。

「オホホホホホホホ！　さぁ悪戯《いたずら》好きな鳥類！　おとなしくなさい！」

「絢爛崎先輩⁉」

巨大な動く絢爛崎の顔の上に、本物の絢爛崎が乗っていた。

「なにそれ！　すごいねー！」

驚くねじれに、絢爛崎が満足げに答える。

「私のミスコンアピール、絢爛崎ビューティフルパーフェクトゴージャス装甲車《そうこうしゃ》ですわ！　本番で初お披露目《ひろめ》としたかったのですが、後輩のためならしかたないでしょう！」

絢爛崎巨大顔面装甲車は全体がピカピカと光り輝いている。太陽の光を受け、それはまるで巨大なご神体《しんたい》のようだった。

いったいあれはなんなんだ。そしていったいあれでどうするつもりなんだ。そんな疑問が渦《うず》巻《ま》く拳藤たちの前で発目は、ヒーローが現れたときの子供のように歓声をあげた。

「やっちゃってください！　絢爛崎先輩‼」

ざわめいていたカラスたちだったが、一番大きなキラキラ光るものに興奮したように突進していく。

「危ない！」

拳藤がバッと救《たす》けに駆け寄ろうとするが、絢爛崎は冷静に手元のボタンを押した。

「おくらいなさい！　女神のそよ風！」

絢爛崎が必殺技《ひっさつわざ》のように叫んだかと思うと、巨大顔面のまつ毛部分が激しく上下に動き風を巻き起こした。風は激しさを瞬時に増して複雑な気流となり、向かってくるカラスをまるで竜巻のようにひとまとめにして巻きあげる。みんながその行方《ゆくえ》を唖然《あぜん》と見上げた。

間髪《かんはつ》入れずふたたび絢爛崎が叫び、ボタンを押す。

「お捕まりなさい！　砂糖菓子の吐息《といき》！」

すると巨大顔面の口から、キラキラと輝く糸で織《お》られた白いレース状の網《あみ》がカラス目がけて放たれた。レースの網にからめとられたカラスたちは、そのまま落下するかと思いきや、地上に落ちる前に網についていた落下傘《らっかさん》が開き、ふわふわと着地した。落下傘ももちろん絢爛崎の顔をしている。

「カァカァ〜」

ケガ一つすることなくカラスたちは捕まった。嵐のような捕り物《とりもの》に、拳藤は呆気《あっけ》にとられっぱなしだ。

絢爛崎は「まったくお騒がせな鳥類だこと」と言いながら、戻ってきたネックレスをかける。それを見た甲矢が「そういえば……」と思い出したようにポケットからハイヒールに入っていた釘を取り出した。

「この釘、いったいなんだったんだろ……」

「それはサポート科で使う釘では？」

「え？」

「しかもこのサイズを今使っているのは……明、あなただけのはずですよ」

絢爛崎に言われ、発目が釘を見る。

「え？　あ、そういえばさっき絢爛崎先輩の部屋に行ったとき、先輩に私が来たことを知らせようと絶対に目につくようにハイヒールの中に置いておいたんです」

「なぜ!?」

「テーブルだと転がってどこかへ行ってしまうじゃないですか。靴なら履《は》くとき絶対に気がつくと思いまして！」

「いや、なんで釘!?」

「絢爛崎先輩なら同じサポート科なので釘でわかるだろうと！　ですが、どうやら部屋を間違えてしまったようですね！　すみません！　時間もないので、このへんで！　まことにありがとうございましたっ‼」

　バッとお礼を言うと、発目はリモコンを手に会場へと駆けだした。絢爛崎の「お風呂に入りなさい！」と言う声は聞こえていたかどうかわからない。

「このたびはサポート科の後輩のために力を貸してくださってお礼を申しあげます」

　そう言って恭《うやうや》しく頭を下げた絢爛崎に、拳藤は「いえ、そんな」とあわてる。ねじれは「それより」と、ワクワクした無邪気な顔で絢爛崎巨大顔面装甲車を見た。

「絢爛崎さん、なにこれ！　すごいよー」

「オホホホホホホホ！　そんなに私の装甲車が気に入りましたの？　そこまで言うのならば、あなたのサポートアイテム、私がデザインしてさしあげてもよろしくてよ」

「それは大丈夫、趣味じゃないし」

「んまあ！　あなたとは美の基準が合いませんわね！」

　意見の相違に、絢爛崎はプリプリとおかんむりだ。少し離れて甲矢が声をかける。

「ねじれにはシンプルでかわいいものが似合うの」

　さっきのこともあり、どこか遠慮しているような甲矢にねじれはにこっと笑って近づいた。そしていつもどおり無邪気に、けれどきっぱりと言う。

「有弓は有弓だよ」

「え？」

「さっき言いたかったの。有弓は自分らしくできないって言ったけど、自分らしくない有弓だって全部有弓なんだよ。いやだと思うとこも、悩んでるとこも、全部まるごと。それで全部まるごと私の親友だよ」

その言葉に、拳藤の目が見開く。

——どんな自分も、全部、まるごと自分。

「……でもいやなとこは、私はキライ」

怒っているような悲しそうな顔でそう言った甲矢に、ねじれが頰を叩くマネをして拳藤を見ながら言う。

「そんなときはね……さっきやってたヤツ！」

拳藤は会場の控室で自分で自分の頰を叩いたことを思い出した。

「気合、ですか？」

「そう！　いやなとこ、好きなとこに変えたいって気合入るでしょ？　あのね、私がミスコン勝ちたいって言ったのは、有弓が喜んでくれるかなーって思ったからだよ。それに負けたままなのはいやだし！」

「……負けず嫌いだもんね、ねじれは」

「うん。だから私、勝つよ。気合入ってるもん！」

ムンッと胸を張ってみせるねじれに、甲矢が笑った。

「ねじれ、〝個性〟ちょっと出てる」

笑う甲矢の目じりにはうっすら涙が浮かんでいた。大好きな親友にここまで言ってもらえたら、あとはもうがんばるしかない。

「絢爛崎さん、その……さっきはごめん……」

「なんのことかしら、オホホホホホホホ！」

おずおずと謝る甲矢を絢爛崎はゴージャスに笑い飛ばした。

拳藤はその笑顔と、さっきのねじれの言葉を思い出して胸が軽くなったのを感じた。

自分らしくない自分でも、それは結局自分でしかない。女の子らしくない自分も、自分らしくないと落ちこむ自分も、何をしても結局は自分でしかない。

私は、常に私らしい。自分じゃない誰かにはなれないし、ならない。

私は、私でいたいから。

そのとき、ミスコン実行委員があわてた様子でやってきた。

「ミスコン出場者のみなさん！　探しましたよ！　もうすぐ始まります！」

その声を聞き、絢爛崎がねじれと拳藤を見て口を開く。

「さぁ、清く正しく美しい女の戦いをしましょう！」

「豪華絢爛にね」

にこっと笑うねじれに、絢爛崎も笑みを返す。そして全員で会場へと急いだ。

前を走る二人を見て、拳藤は「なんだ」と力の抜けた笑みを浮かべる。それに気づいた柳が「なに？」と聞く。

「……私らしくがんばろって思っただけ」

前を行く先輩たちは、女性らしい美しさで勝負しようとしてたんじゃないと拳藤は気づいた。競うのは、自分らしい美しさ。だって、自分の前にいる頼もしい先輩たちは、自分らしさの塊《かたまり》のような人たちだ。

笑みを浮かべた拳藤に「ふうん？」と返した柳だったが、ヒャッと肝を冷やしたような声を上げる。

「一佳、ドレス破れてる」

「えっ、あ、ほんとだ」

ドレスの裾《すそ》が少し裂《さ》けていた。さっき森のなかを探しているときに枝か何かに引っかけてしまったのだろう。

「すぐ縫《ぬ》わなきゃ」と少し焦った様子の柳に、少し考えていた拳藤が思いついたように声をあげた。

「いいよ、縫わなくて。もっと裂くだろうし」

「は？」

「それよりさ、劇でセット立てるときに余った大きな板、あったよね？」

自分らしいアピールを思いついた拳藤はニッと笑う。

その顔は、てっぺんめざしてキラキラと輝いていた。

Part《パート》.5

それぞれの文化祭

「ふぁーって飛んだおねえさん、キレイだった！　あとね、おおきなお顔のおねえさんもすごかった！　それとおててで板をばーんってしたおねえさんもかっこよかった！　あとね、あとね……」

興奮した様子《ようす》で話すエリに、出久《いずく》とミリオはうんうんと嬉《うれ》しそうに頷《うなず》く。

文化祭前、出久はネット動画を上げる自称・義賊紳士《ぎぞくしんし》ジェントル・クリミナルとその相棒ラブラバが雄英《ゆうえい》文化祭に侵入を試《こころ》みるのを人知れず阻止《そし》した。なんとか間に合ったA組の出し物も大成功し、エリの笑顔を取り戻すことができた。

今はミスコンが終わったところで、みんなそれぞれ分かれて文化祭を楽しんでいる。

もともとエリと一緒に文化祭を見て回る約束をしていた出久とミリオ、エリの救出作戦に同行したお茶子《ちゃこ》と梅雨《つゆ》、そしてつき添《そ》いの相澤《あいざわ》が一緒だ。

エリがどんな辛《つら》い環境にいたか知っている出久たちは、エリが楽しそうに笑ってくれるだけで胸がいっぱいになる。そして、もっともっと楽しんでもらいたいと思う。

「エリちゃん、どこか見たいとこあるかな？」

出久が持っていた文化祭のパンフレットを広げてみせる。それぞれ趣向を凝《こ》らした出店《でみせ》やアトラクションなどが地図になってわかりやすく載《の》っている。エリは真剣な様子《ようす》で見るが、困ったように眉《まゆ》を寄せた。

「いっぱいあってえらべないや……」

「そっか！　じゃあ歩いていって寄りたいとこがあったら言ってね！」

ミリオの言葉に「うん」と頷くエリに、出久は手を差し出した。

「エリちゃん、迷子になるといけないから手をつなごうか」

出店が並ぶ通りは、わいわいと混雑している。出久が差し出した傷だらけの手を、エリはじっと見つめた。

「……あっ、ごめん！　怖《こわ》かったかなっ？」

出久が傷だらけの手がいやだったかとあわてて引っこめようとする。だが、それをエリはギュッと両手で握った。そしてふるふると首を振る。

「怖くないよ……っ、……やさしかったから」

小さな呟《つぶや》きに出久はきょとんとするが、拒否されたわけじゃなかったとわかり「よかった」と微笑《ほほえ》む。エリもつられて微笑んだ。そんなエリの隣からミリオが言う。

「じゃあこっちの手は俺とつなごうか！」

「うん！」

出久とミリオと手をつなぎ、エリは笑顔を見せる。出久とミリオは顔を見合わせて「それー！」と歩きながらエリを浮かせる。世界で一番大好きなヒーロー二人に手をつないでもらい、「きゃあ」とエリは嬉しそうにぴょんっと跳《は》ねた。

「三人とも、なんか家族みたい！」

「お兄ちゃん二人に、歳《とし》の離れたかわいい妹って感じね。ケロ」

三人の光景を後ろから見ていたお茶子と梅雨の言葉に、隣を歩く相澤がわずかに表情を緩《ゆる》ませた。

実は今回、文化祭の開催は難航した。また雄英高校が襲撃されるようなことがあれば、オールマイトが事実上引退したあとで揺らいでいるヒーローへの信頼は失墜《しっつい》し、抑止力《よくしりょく》をなくした世界にはふたたび敵《ヴィラン》があふれ、混沌《こんとん》と化すかもしれない。それを危惧《きぐ》した警察に文化祭の開催を中止するように提言されたが、根津《ねづ》校長はこんな時期だからこそ、生徒たちへ明るい未来を示さねばならないと頭を下げた。

開催すると決まってから、エリを文化祭へ連れ出すのもすんなりと決まったわけではない。けれど、エリを雄英で預かることがほぼ決まったので、そのせいでなんとか許可も下りた。

子供の安全と明るい未来を守るのは、大人《おとな》たちの仕事だ。

相澤はエリの笑顔に心のなかでそう思う。これから、この笑顔を雄英で守っていかなくてはならない。少し大きな子供たちの安全とともに。

「あっ、くれえぷだ！」

「くれえぷ？」

クレープの出店を見つけて思わず叫《さけ》んだお茶子に、エリがきょとんと振り返る。

「エリちゃん、くれえぷはね、うすーい小麦粉の生地《きじ》を焼いたやつで、生クリームをたっぷり包んでフルーツとかトッピングした、それはもう贅沢《ぜいたく》な天国みたいなデザートなんだよ……！」

「すごい、くれえぷ……！」

目を輝かすエリに、梅雨が「じゃあクレープ食べましょうか」と出店に近づく。バナナや桃、みかん、チョコなど無難《ぶなん》なものが並ぶなか、エリはメニューを見て「あの……リンゴのやつありますか……？」とおずおずと尋《たず》ねる。だがリンゴは用意されていなかった。

少し残念そうにうつむくエリに、ミリオが励《はげ》ますように声をかけた。

「大丈夫《だいじょうぶ》！　リンゴ飴《あめ》あとで食べようね！」

その言葉に出久が「あ……」と小さく反応する。

「……うん！」

リンゴ飴を思い出し、笑顔になったエリはどれにしようかと真剣に悩む。ミリオはその様子を見て、張りきって言った。

「エリちゃんが何を選ぶか当ててみせるよ！　今度こそ桃だよね！」

「みかん」

「だと思ったよね！　もしかして桃キライなのかな⁉」

お茶子も悩みに悩んでチョコを選び、梅雨はバナナを選ぶ。エリもみかんのクレープを受け取り、そっと食べる。「……あまくておいしい」と幸せそうに目を閉じる様子に、出久たちの胸がいっぱいになった。

クレープを食べながら校内へと入っていく。途中、ミリオがお笑いライブに興味をひかれたりしながら、賑《にぎ》やかな校内を歩いていると出久がハッとした。

「ヒーロークイズ大会……景品、雄英プロヒーロー教師のサイン寄せ書き……⁉」

あるクラスの出し物のヒーロークイズ大会で、優勝賞品として飾られているのはオールマイトをはじめとする雄英高校ヒーロー科の教師たちのサインの寄せ書きだった。そのなかにはもちろん、イレイザーヘッドこと相澤のサインもある。

「ちょっと待って、こんな豪華なサインの寄せ書きありえない……」

ただのヒーローオタクとして愕然《がくぜん》とする出久に、相澤が「たかがサインだろうが」と言うと、出久は「なにをおっしゃってるんですかっ」と鼻息荒く反論する。

「オールマイトと、めったに姿を現さない抹消《まっしょう》ヒーロー・イレイザーヘッドのサインが一緒に書かれているなんて世界に一枚だけのレア物ですよ!? しかもプレゼント・マイクにブラドキングにミッドナイトに13号にセメントスにエクトプラズムにスナイプにパワーローダーにリカバリーガールのサインも一緒なんて、月刊ヒーローにも出てこないような夢のサインじゃないですかっ！」

「そうか」

出久の勢いを相澤はさらっと受け流しながら、内心思った。

（毎日お前たちの前に姿は現してるだろ）

担任相澤先生とイレイザーヘッドでは、微妙にニュアンスが違うらしい。得心《とくしん》のいっていない相澤の前で、お茶子が出久に「クイズ大会、まだ受付中やって！」と勧《すす》める。

「え、でも」

「参加してきなよ！　クイズ見てるのもおもしろそうだしさ！　ね、エリちゃん」

ミリオにそう言われ、エリも「うん」と頷く。

よくわからないが、どうやら勝つとすごいものをもらえるらしい大会に出久が出ると感じ、少し恥ずかしそうにしながらも応援する。

「がんばって、デクさん……!」

「! うん! がんばるよ!!」

エリの声援を受けて、出久は意気ごみエントリーし、ほかの出場者とともに一列に並べられた席につく。机には早押しボタンがついている。

「デクくん! めざせ、ゆうしょー!」

「緑谷《みどりや》ちゃんなら大丈夫よ。ケロ!」

お茶子と梅雨が声援を送るなか、MC役の生徒が歓声《かんせい》を受けながら出てくる。会場を盛りあげてから、さっそく問題が始まった。

「さぁ第一問! 人気急上昇中の若手ヒーロー、シンリンカムイのデビューは——」

ピンポン! 出久のボタンが光る。

「銀行強盗犯を先制必縛《せんせいひっぱく》ウルシ鎖牢《さろう》で七人いっぺんに確保!」

「1年A組、緑谷くん、正解です!」

「では第二問! フレイムヒーロー・エンデヴァーの好物——」

ピンポン!

「葛餅《くずもち》!」

「正解！」

他を寄せつけない早さで二連続正解した出久の活躍に会場が盛りあがる。しかし。

「第八問！　プレゼント・マイク『ぷちゃへんざレディオ』のヘビーリスナーの愛称――」

ピンポン！

「マイキッズ！」

「第一四問！　デビュー直後、マウントレディに決まったCM――」

ピンポン！

「レディヘア、シャンプー&トリートメント！　キャッチコピーは『美しく、大らかなツヤに』」

「第二五問！　洗濯ヒーロー・ウォッシュがCMで――」

ピンポン！

「ワシャシャシャシャシャ！　五回！」

独壇場《どくだんじょう》の出久は優勝に向けて尋常《じんじょう》ならざる気合が入っていた。血走る目に、一言たりとも問題を聞《き》き逃《のが》すまいと集中し、殺気《さっき》立《だ》って微《び》動《どう》だにしないその姿には戦慄《せんりつ》を禁じえない。

その鬼気迫《ききせま》る顔に、ミリオが真顔《まがお》で「教育上よくない」とエリの目をそっと塞《ふさ》いだ。

「では最後の問題……オールマ――」

ピンポン‼

問題の初《しょ》っぱなでボタンを押した出久に、会場が異様《いよう》な緊張感に包まれる。そんななか、真剣な様子で考えていた出久はそっと口を開いた。

「――七分三一秒」

謎《なぞ》の答えに会場がきょとんとするなかで、出久の答えにMCがゴクリと息を飲んだ。

「問題は、オールマイトの伝説のデビュー動画の時間は何分何秒というものでしたが……七分三一秒、正解！　優勝はぶっちぎりで1年A組緑谷くん！」

「やったぁ！」

鬼気迫る形相から一転、無邪気《むじゃき》に喜ぶ出久に、サイン色紙が送られた。

「なんでオールマ…でわかるんやろ」

「きっとオタクの神様が降《お》りてきたのね」

出久のヒーローオタクっぷりに少々引いているお茶子と梅雨の横で、エリがどうやら勝ったらしい出久に「すごい」と尊敬のまなざしを送る。出久もエリに照《て》れ臭《くさ》そうに笑顔を返した。

その頃、耳郎《じろう》と八百万《やおよろず》は屋台《やたい》でセメントスカップのジュースを買っていた。あとで一緒に回ると約束している芦戸《あしど》たちがＣ組のお化け屋敷に行っている間、二人で出店通りを見て回っている。

「すっごいよくできてるね、このカップ！」

「大人気ですわね」

周《まわ》りを見ると、そこかしこでセメントスジュースを飲んでいる生徒たちだらけだ。二人もさっそく飲んでみると中身はココナッツジュースだった。

「セメントス先生と全然カンケーない」

「本当に」

耳郎と八百万は口当たりのいいほんのり甘いジュースに思わず笑《え》みをもらす。

そしてゆっくり飲めるところを探し、人ごみを避けて階段に腰をかけた。通りを少し離れると、午前中にライブをやっていたのが今日だったなんて信じられないほど、のんびりとした空気が流れている。

お祭りの日の息抜き。耳郎はライブが終わったことを実感し、ふーっと背を伸ばしながら息を吐いた。

「初めはウチにできるかなって少し不安だったけど……やってよかったな」

晴れ晴れとした耳郎の顔を八百万は微笑ましそうに見ていたが、ふと考えて言った。

「私は……少し残念ですわ」

「え」

意外な八百万の言葉に、耳郎が驚く。八百万は「だって」と続けた。

「一度、歌う耳郎さんを前から観《み》てみたかったんです。できれば最前列で」

「ええ？」

恥ずかしそうに眉を寄せる耳郎のイヤホンジャックが戸惑《とまど》うように揺れる。

「でも、ライトを浴《あ》びて歌う耳郎さんの後ろ姿もとてもカッコよかった……だから、結局最高でしたわ」

にこっと笑う八百万に、A組のロックな歌姫は照れ隠しに「もうヤメテ」と肩を預ける。

八百万も笑いながらそれを受け止めた。

その頃、上鳴《かみなり》、峰田《みねた》、芦戸、葉隠《はがくれ》はC組の心霊迷宮で震えあがっていた。

「誰だよ、心霊迷宮行こうなんて言いだしたの……っ」

「上鳴、あんたじゃん〜っ」

「ちょっ、峰田くん！　足に抱きつかないでってばっ」

「怖《こえ》えんだからしょうがねえだろ……っ」

上鳴と葉隠はおもしろそうだと軽い気持ちで、芦戸はめちゃくちゃ楽しみにして、そして峰田は下心一〇〇パーセントでやってきた。だが、しょせん素人《しろうと》が作ったお化け屋敷だとタカをくくったのは大間違いだった。

五〇年前、凄惨《せいさん》な一家殺人事件があったという設定のお屋敷は、細部までリアリティに凝《こ》っている。歩くたび軋《きし》む床《ゆか》には時間の経過を物語る埃《ほこり》が積もっていて、生前の子供が壁に描いたらしい微笑ましいはずの拙《つたな》い落書きが、まがまがしく見えた。

『五〇年経《た》った今でも、なぜか長男の死体だけ見つかっていない……。空《あ》き家《や》のはずが、なぜか人のいる気配がすると近所の人は言う……』

意味ありげなナレーションを聞きながら、それでも最初は「なかなかすごいじゃん」などと感想を言う余裕もあった。だが、斧《おの》が落ちていたり、わずかに開いたドアから誰かが覗《のぞ》いていたり、廊下に赤ちゃんの赤い手形がついていたり、古時計から赤ちゃんの泣き声が聞こえたり、あげく、赤ちゃんの赤い手形が壁や廊下を埋《う》め尽《つ》くすようについていたりしたあとには、四人はすっかり恐怖に震えるしかなかった。峰田のエロい気持ちも、いまや恐怖に負けそうになっている。葉隠に引きはがされ、峰田はなんでもいいから縋《すが》りたいと上鳴のズボンをギュッとつかむ。

「な、なあもうリタイヤしようぜ……」

「どーやってリタイアすんだよっ？　また今まで来た廊下戻るのも怖えよ～っ」

及び腰の峰田と上鳴たちの声を天井裏でスタンバイしながら心操《しんそう》は聞いていた。

『心操、もうすぐA組のヤツら通るよー。全力でビビらせてやれ』

「了解」

裏からこっそり客たちの通るタイミングを無線で脅《おど》かし役たちに知らせているクラスメイトのけしかけてくる声に、殺された長男役の心操は小さく苦笑《くしょう》した。

近くにいる血のりを天井から垂《た》らす役のクラスメイトも「やったれ」と心操にサムズアップし、気合を入れて、下を通る上鳴たちの前方に血のりを落としていく。

ポタッ……。

「え、これ血じゃね……」

ポタッ…ポタッ……ポタポタ……。

「なんで血が落ちてくんの⁉」

ポタポタポタ……ポタ……ポタポタポタポタポタポタポタポタポタポタ……ッ。

廊下を濡らすほどの血の大盤振《おおばんぶ》る舞《ま》いに、上鳴たちが愕然《がくぜん》としたそのとき、天井から血だらけの心操が頭からバーンッとさかさま状態で姿を現す。

「オレヲココカラツレダシテクレ……」

「ヒギャアアアアアア!!!」

「えっ」

精いっぱい怖《こわ》がらせようとがんばった心操だったが、予想以上に驚かれ思わず素《す》になってしまった。ヤバいと思う間もなく、上鳴たちは半泣きで叫《さけ》びながら駆け去ってしまう。

「ヤべぇよ、心霊迷宮!!」

遠ざかっていったその声に心操たちC組は唖然《あぜん》としていたが、ヒーロー科をあれだけ怖がらせたとわかるとそれぞれニッと笑った。心操も笑って言う。

「見たか、普通科の意地」

外に出てやっと一息ついた芦戸と葉隠が「でも楽しかったー!」と笑い合った。


その頃、少し離れたところにあるアスレチックでは、尾白《おじろ》が挑戦しているところだった。

障害物を越え、急角度の壁を登り、タイムを競《きそ》うアトラクションだ。すでに挑戦した瀬《せ》呂《ろ》や切島《きりしま》と一緒に、ケッといつものような顔で爆豪《ばくごう》も見ている。

「おっ……と！」

とくに最後の急角度が難所《なんしよ》だ。尾白は〝個性〟の尻尾《しつぽ》で落ちそうになる体を支え、なんとか上にあるタイマーのボタンを押す。

「一五秒！　同じだ！」

切島も一五秒だった。瀬呂がふふんと得意げに笑う。

「勝った！　俺、一三秒～」

瀬呂は〝個性〟のテープを使い、難所を鮮《あざ》やかにきり抜けた。三人ともいい記録なのだが、受付に張り出されているベストタイム五秒には遠く及ばない。

「次、爆豪も挑戦しろよ！　勝負しようぜ！」

「めんどくせえ、やんなくても俺の勝ちだわ」

そう言って立ち去ろうとした爆豪の耳に、近くで見ていたほかの生徒たちの声が聞こえてくる。

「あのベストタイムってオールマイトの記録なんだって」

「え、在学中の？」

「うん。それ以来、誰も抜いてないらしいよ。さすがオールマイトだよねー」

それを聞いた爆豪の目が「――んだと……？」とギラりと光った。

「しょうがねーな、じゃあ出店でも行こうぜ……って、爆豪？　やっぱやんのかよ！」

無言でさっさとエントリーしに行く爆豪に、切島がツッこむ。戻ってきた尾白が、さっきのやり取りなど知らず「あ、挑戦すんの？」とのんびりと言った。

スタート地点で腕などを伸ばしながら爆豪は、ニヤリと不敵《ふてき》に笑う。

「オールマイトの記録抜くのは、この俺だ」

そしてスタートの合図とともに、ダッと駆けだし、難なく障害物を越え、急角度の壁を登り、あっという間にボタンを押した。

「どうだっ」

自信満々の爆豪だったが、結果は一〇秒だった。

「んだと!?　壊れてんじゃねーのか、このタイマー！　もう一回やらせろっ」

納得いかない爆豪は再挑戦した。だが、やはりオールマイトの記録には及ばない。

「クソがっ、もう一回だっ！」

「なんでだ、クソが！　もう一回！」

「五秒ってなんだよ！　クソが！」

その後、何十回も挑戦した爆豪だったが五秒の壁は厚かった。

「もういいかげん、いいんじゃないか?」

「疲労たまってってタイム伸びねえぞ?」

焦《あせ》りと疲れが見えはじめた爆豪に尾白と瀬呂が気遣《きづか》うように声をかけるが、爆豪は「うるせえっ」と再度挑戦しようとする。

「オールマイトの記録を抜くのは俺なんだよ……!」

もはや意地になっている爆豪に、切島が熱い漢気《おとこぎ》を感じ、くうっと感極《かんきわ》まる。

「さすが爆豪! 漢だぜ!!」

終りの時間になっても記録を抜けない爆豪が「明日もやらせろ!」とねばるのはもう少しあとのことだ。

そんな騒ぎなど知らず、青山《あおやま》が「フンフン~☆」と優雅にポン・レヴェックチーズをもぐもぐと食べながら出店通りを歩いていると、なぜかたこ焼き屋の屋台のなかにいる障子《しょうじ》と砂藤《さとう》を見かけた。

「ハイ☆ 障子くんに砂藤くん、何してるのさ?」

「おー、青山。なんか店番することになっちまってよォ」

「経営科のたこ焼きなんだが、近くに人気のたこ焼き屋があるだろう。そのせいで客足が伸びず、今、この屋台のクラスは経営戦略会議と買い出しを兼《か》ねて留守にしている。たまたま通りかかった俺たちが留守番を任《まか》されているんだ」

障子の〝個性〟の複製腕《ふくせいわん》で指《さ》し示《しめ》す方向を青山が見ると、少し離れたところにあるたこ焼き屋が繁盛《はんじょう》していた。

「へー、大変☆　で、留守番なのにどうしてたこ焼き作ろうとしてるんだい？」

障子と砂藤はエプロン姿で、たこ焼きを焼いている。障子が器用にたこ焼き器に生地《きじ》を流し、砂藤がたこやその他、切った具材を手際《てぎわ》よくなかに入れ、それをまた障子が別の複《ふく》製腕《せいわん》で器用にひっくり返して上手《じょうず》に焼いていく。

「留守番中、自分たちで作って食っていいって言われてよ。せっかくなら作りてぇだろ。障子もたこ焼き好きだっつーし」

「あぁ」と答えながら障子はまた別の複製腕《ふくせいわん》で器用に焼けたたこ焼きをパックに取り、ソースを塗《ぬ》り、鰹節《かつおぶし》と青のりをまぶす。

「青山も食べるか」

「ノン☆　僕はチーズがあるから☆　でもたこ焼きだけじゃないね？　甘い匂《にお》いがする」

「せっかくならスイーツ焼きも作ってみるかと思ってよ。ほら」

砂藤が「食べるか？」と差し出したのは、チョコがかかったたこ焼きサイズのロリポップケーキだ。

「ノン☆　僕はチーズがあるから☆」

「チーズ……青山、そのチーズ一つくれ」

「食べたいの？　しょうがないなぁ、いいよ☆」

するとと砂藤はそのチーズをたこ焼き器の生地の中に入れる。そして焼けたものを青山に差し出した。

「これならどーよ」

「……じゃあいただくよ☆」

少し驚いた顔をした青山だったが、そのチーズ焼きを食べる。

「あっふ！」

「そりゃそうだろう、今まで焼いてたんだから」

熱さに驚く青山に障子がツッこむ。青山ははふはふしながらチーズ焼きを食べた。

「……まぁチーズが美味《おい》しいからね☆」

「素直《すなお》にうまいって言えよなー」

すると、その匂いに気づいた周りの生徒たちが寄ってきた。

「チーズたこ焼き？　うまそー、一つちょうだい！」

「あ、俺もー」

「私、甘いヤツにしようかな」

「いや、俺たちは留守番で……」

断《ことわ》ろうとする障子を、砂藤が止める。

「今焼いてる分くらいなら、食ってもらってもいいんじゃねえか？　せっかく俺たちの作ったヤツ、うまそうって言ってくれてんだしよ」

砂糖を摂取《せっしゅ》することでパワーが強化される〝個性〟の砂藤は、趣味と実益を兼ねたスイーツ作りが上手だ。そして作るのが好きな人は、美味しいと言って食べてもらうことが無上の喜びなのだ。そんな砂藤の気持ちを察した障子が「そうだな」と頷く。

だが、二人の作ったたこ焼きとスイーツ焼きは予想以上に美味しかった。注文は次々舞いこみ、また混雑の様子と漂ってくる匂いが宣伝効果を上げ、客足は増える一方だ。二人はそんな客たちに応《こた》えようとフル稼《か》働《どう》でたこ焼き＆スイーツ焼きを焼いていく。

二人へのお礼にチーズを置いて去ろうとした青山だったが、あまりの混雑ぶりにムッとする。

「ちょっと！　僕が通れない！　ちゃんと並んで！☆」

「お、青山、行列整理ありがとな！」

経営戦略会議と買い出しを終え、戻ってきた経営科が「なんじゃこりゃ……」とあまりの繁盛ぶりに目が点になったその頃、飯田《いいだ》と轟《とどろき》と常闇《とこやみ》と口田《こうだ》はミニ遊園地のミニＳＬに乗っているところだった。

「楽しいな、轟くん！」

「あぁ。でも狭《せめ》えな」

それもそのはず、祭りなどでレンタルされる子供用のアトラクションだった。ほかにも一周の距離が短いミニミニコースターや、昔のデパートの屋上にあったようなパンダの乗り物などがある。どんなことでも真面目《まじめ》に取り組む飯田は、真面目に全種類のアトラクションを全力で楽しんだ。

「よし！　次はあれで写真を撮《と》ろう！」

雄英高校と根津校長を模《も》した顔出しパネルだった。

「轟くんは校舎と校長、どっちから顔を出したいかい？」

「どっちでもいいな」

「そうか、では俺は背が高いほうの校舎にしよう」

飯田と轟がそれぞれ顔出しパネルから顔を出し、常闇が彼らの携帯電話で写真を撮る。

「それでは今度は俺が常闇くんと口田くんを撮ろう！」

「いや、俺はいい……」

すると常闇から黒影《ダークシャドウ》が出てきて言った。

「オレも撮るー！」

口田が校舎から、黒影《ダークシャドウ》が校長からそれぞれ顔を出す横で、常闇が少し恥ずかしそうに写真に写った。顔出しパネルで顔を出すのも照《て》れ臭《くさ》かったが、顔出しパネルの横でただ立っているのも微妙に恥ずかしく感じた常闇だった。

「フミカゲ！　アレ飲みタイ！」

通りかかった生徒たちが手にしているセメントスジュースを見て黒影《ダークシャドウ》がねだる。ミニ遊園地ではしゃいだこともあり、みんな喉《のど》の渇きに気づく。買ってくるという常闇に口田もついていき、飯田と轟は近くのテーブルで待つことにした。

「それにしても、いつもと違う学校もいいものだな」

楽しそうな周囲の様子を見回して、飯田が言う。

学校全体が着々と準備を進めて、やっと迎えた今日。一日だけのお祭りをそれぞれ心から楽しんでいる。今日だけは勉強のことを忘れて、息抜きしていることとさえ忘れて、ただ今日一日を楽しむだけ。

たまにはそんな日が必要なのだ。

「緑谷たちも楽しんでるだろうな」

「あの子……エリちゃんか。楽しんでいるといいな」

ふと言った轟に、飯田が神妙《しんみょう》な様子で頷く。

轟と飯田の頭に浮かんだのは、校外活動《インターン》を始めてから落ちこんだ様子が多くなったときの出久だった。事件についてあらましは知っているが、詳《くわ》しいことは訊《き》かなかった。

わかっていることは出久がうまく言葉にできない気持ちを、自分のなかに飲みこんだことだけだ。すべてを知ることや、励ますことだけが友達じゃない。いざというときに駆けつけられる、そんな関係であればいい。

出久のうまく言葉にできない気持ちの一部だろう女の子。その子の笑顔は、きっと出久にとっても救いになるはずだ。

「……しかし、緑谷くんはいつも無茶《むちゃ》をする！　今日も時間ギリギリだったぞ。間に合わなかったらどうするつもりだったんだ！」

「買い物行って転んでたなんてな」

出久がジェントルと戦ったことは、先生たちには単に揉《も》めたことになっており、A組のみんなには青山を吊るす際に使うロープを買い物に行って転んだことになっている。

時間ギリギリになっても現れない出久にA組のみんなは、やきもきしていたのだ。

「まったく、初めてのおつかい君だな！」

飯田はやきもきが蘇《よみがえ》ってしまい、フンフンと鼻息荒くする。『初めてのおつかい』とは、瀬呂がつけたあだ名だ。

「あら、飯田ちゃんに轟ちゃん」

「梅雨ちゃん君」

声をかけてきた梅雨に、飯田と轟が振り返る。お茶子も気づいて「なにしてるん？」と近づいてきた。ミリオとエリ、相澤もやってくる。

「常闇くんと口田くんが今、セメントス先生のジュースを買いにいっているんだ。おや？」

「緑谷、一緒じゃねえのか？」

出久が一緒にいないことに気づいた二人に、お茶子が残念そうに眉を寄せる。

「それが、ちょっと用思い出したって、どっか行っちゃったんだー……」

「デクさん、どこ行ったのかな……」

シュンとするエリに、ミリオが「大丈夫！」と笑顔を見せる。

「あれほど急いでたってことはきっとトイレしかないよね！　すぐ戻ってくるよ！」

「……うん」

ミリオが励まそうとしていることがわかるのか、エリはシュンとしながらも頷いた。そんなエリを見て、相澤が言う。

「エリちゃん、猫は好きかな。人間猫カフェに行ってみようか」

「にんげんなの？　ネコなの？」

謎のワードにエリは興味を示す。相澤なりの気遣いだった。

「もしデクくんに会ったら、人間猫カフェにいるって伝えて」とお茶子たちは伝言を飯田たちに残し、去っていった。飯田と轟はそれを見送るとそれぞれぼそりと呟く。

「本当にトイレだろうか？　いや、違う気がする……」

「アイツのことだから、またなんかヘンなことに首突っこんでたりしてな」

二人は顔を見合わせ、すぐにどこにでも飛び出していってしまいそうな友達を思い、眉を寄せた。

「緑谷くんには、『ホウ・レン・ソウ』が足《た》りないんだ！」

「緑谷、貧血《ひんけつ》なのか？」

「違う、『報告・連絡・相談』の略だ。どこかに出かけるときは、ちゃんとどこどこに行くと連絡しておかないとみんな心配するだろう！　今みたいに！　まったく、これだから初めてのおつかい君は！」

「急いでると忘れるからな。なら位置情報とかのほうが便利じゃねえか？」

「今日みたいに携帯を置いていってしまうこともある。やはり習慣にしてもらわないと！」

「そうだな」

場所がわからないと、いざというときに駆けつけることができない。やきもきするあまり、友情が暴走しそうだ。すべてを知ることや、励ますことだけが友達じゃないけれど、母親と同じように、それは心配しないということではないのだ。

そんな絶賛心配中の二人の元へ、常闇たちがジュースを持って戻ってきた。

「ジュース、うまいヨ」

ご機嫌な黒影《ダークシャドウ》を見て、口田が「よかったね」とはにかむ。常闇は二人の様子に気づいた。

「どうした？」

出久がどこか行ってしまったようだと説明した飯田に、常闇が言う。

「さっき一人で寮のほうへ行くのを見たぞ」

「あれっ、みんなどうしたの？」

常闇から話を聞き、飯田たちが寮へ駆けつけると、出久は一人で調理場にいた。台の上にはリンゴと砂糖と赤い液体の入った小瓶《こびん》がある。

「どうしたのじゃないぞ、緑谷くん！　寮に行くなら寮に行くとちゃんと言わなくては！」

「どうしてリンゴが？」

常闇は自分の好物に素早《すばや》く気づいた。

「実はね――」

出久はリンゴが好きなエリのために、リンゴ飴を作ろうとしていた。文化祭のプログラムを見て、ないかもと思い、買い出しに行った際、一緒にリンゴを買っていたのだ。

「なるほど……あの子のためというわけだったのか」

「リンゴ飴、すごく楽しみにしてたから、どうしても食べてほしくてさ」

少し照れたように笑う出久に、飯田と轟は目を合わせてあきれたように小さく微笑む。

やはり誰かのために飛び出していってしまう友達は、あきれるほど誇《ほこ》らしい。

「あの幼子《おさなご》はリンゴ好きか……話が合うかもしれん」

「常闇くんもリンゴが好きだったな！　リンゴ仲間だ！」

真剣な面差《おもざ》しで頷く常闇に飯田が言い添えた。二人は遊園地でアップルパイを一緒に食べた仲だ。

「でも、リンゴ飴なんて本当に作れんのか？」

「それが意外と簡単っぽくてさ。これなら僕にもできそうだと思って。ほら」

出久が携帯でリンゴ飴の作り方の動画を開く。リンゴに割《わ》り箸《ばし》を刺し、水で溶かした砂糖を煮詰《につ》めたものに食紅《しょくべに》を入れ、リンゴにからめればできあがりだ。あまりの簡単さに、全員で「おお～」と妙な感心をした。

「食紅、コンビニになくて焦ったんだけど、砂藤くん持っててよかったよー」

「さすが砂藤くんだな！」

「食紅ってなんだ？　食べられる口紅か？」

「違うよ、食品に色をつけられる液体だよ」

そんなことを話しながら、出久は「よしっ、作るぞ」と気合を入れる。エリのために作ろうとしている出久の気持ちを考慮し、飯田たちは周りから応援することにした。

「割り箸、リンゴを貫通《かんつう》しねえように気をつけろよ」

「緑谷くん、砂糖が煮詰まってきたぞ！」

「ハイッ、食紅」

「慎重《しんちょう》にリンゴを回せ……闇《やみ》の宴《うたげ》の舞踏《ぶとう》のように」

「……できた！」

赤い飴でツヤツヤにコーティングされたリンゴ飴は、お祭りの屋台で売っているものとなんら遜色《そんしょく》ないできだった。全員、そのできを満足げに眺《なが》めていたが、出久が時計を見てハッとする。

「もうこんな時間だっ、僕、行ってくる！」

「気をつけて！」

「あんまり急いで転んだら元も子もねえぞ」

飯田と轟の声に、出久は笑顔で振り返って手を振り、エリの元へと駆けていった。

いつのまにか空は、リンゴ飴のような紅《くれない》色に染まっていた。


楽しかった文化祭も終了した。校舎内や敷地内にはお祭りの熱気をふくんだ残滓《ざんし》がまだ

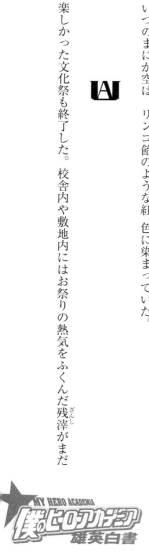

ガラクタとともにあったが、片づけは明日、休日の一日を使ってやることになっていた。

そしてまたいつもの日常へと学校は戻っていく。

エリにリンゴ飴を手渡したあと、静かな敷地内を歩いて、寮への道を行く出久は疼《うず》くような指の痛みを感じていた。軽い炎症なのは経験でなんとなくわかる。

その痛みは、胸の痛みと似ている気がした。

警察に連行されていったジェントル・クリミナルとラブラバはどうなるのだろう。戦いづらかった、オールマイトに出会わなかった未来の自分だったかもしれない人の行く末が、どうか明るいものであるように願う。

ヒーローが光を浴びる影には、たくさんのヒーローを目指《めざ》してきた人たちがいる。

だからこそ、ヒーローは負けられない。

たくさんの想いを背負《せお》い、救《たす》けを求める人のもとへ駆けていかねばならない。

出久は、そんな覚悟とともに痛む指をギュッと握りこんだ。


「ただいま」と寮に戻ってきた出久を一階の共有スペースでワイワイやっていたA組の

面々が出迎える。

「デクくん、エリちゃん喜んでた？」

リンゴ飴のことを聞いたお茶子に、出久は「うん」と笑顔を浮かべた。それを見ていた飯田と轟も笑みを浮かべる。

「よかったな、緑谷くん！」

「うん。手伝ってくれてありがとう」

そう言った出久だったが、漂ってきた甘い匂いに気づいた。

「おーい、みんなできたぞ」

そう言って砂藤が持ってきたのは、リンゴやイチゴ、みかん、ぶどうなどのフルーツ飴だった。一口サイズに作られたカラフルポップなフルーツ飴は、メルヘンかわいい。

「わぁ、どうしたの、それ！」

驚く出久に砂藤が答える。

「実はたこ焼き屋の店番やったお礼に、フルーツもらったんだよ。緑谷がリンゴ飴作るっていうから、じゃあフルーツ飴にしたらみんな食べられるかなと思ってよォ」

「フルーツ飴で打ち上げだよー！」

ぴょんっとジャンプする芦戸と葉隠。その近くで峰田がでへへっと笑った。

「女子にはこの俺特製バナナ一本飴をやるぜ！　だが条件がある！　舐《な》めるところをじっくり観察させてもら――」

「自分で舐めなさい」

「ぐへっ」

芦戸たちにげへげへとニヤつきながら近づく峰田を、梅雨が舌で成敗した。

「わぁ、どれにしようかな」

「わたし、イチゴ！」

「オレはリンゴだ、絶対に」

それぞれ飴を選んでいたが、一人どっかとソファに座ったままの爆豪に切島が「ほら、爆豪も」とフルーツ飴を勧めるが、「んな甘えモン、食えるか」と毒づいた。そんな爆豪に砂藤がサッと尖《とが》った赤い飴を差し出し、ウィンクしながらサムズアップする。

「そう言うかと思って、トウガラシ飴作っといたぜ！」

赤い飴は、そのままのトウガラシに飴がからんでいる。爆豪は辛《から》い食べ物が好物なのだ。

「ヘンな気遣いしてくれてんじゃねえ！　辛《かれ》えか甘《あめ》えかわけわかんねえだろうがぁ！」

手のひらで爆破《ばくは》させ怒る爆豪に、瀬呂が「まぁまぁせっかく作ったんだし」とトウガラシ飴を無理やり渡す。それを汗ジトで苦笑しながら見ていた出久に、爆豪が気づき「おいクソデク……」と近づいていく。

「てめえ、あのアスレチックやったんか」

「アスレチック？」

「在学中のオールマイトの記録がまだ抜かれてないヤツだよ」

近くにいた尾白がそう説明すると、出久の顔色が変わった。

「えっ!? そんなのあったの!? オールマイトもやったアスレチックなんて!!」

知らなかったなどファンとして一生の不覚と言わんばかりに愕然とする出久に、爆豪は「ざまぁ」と言わんばかりに小気味《こきみ》よさそうにケッと笑う。

「爆豪も何回も挑戦したんだけど、結局オールマイトの記録は抜けなかったんだよなー」

残念そうに言う切島を、爆豪が「よけいなこと言うんじゃねえっ」と小突《こづ》く。そして出久にトウガラシ飴を突きつけた。

「来年の文化祭でてめぇもやれや。俺はてめえもオールマイトの記録も抜かすからな」

「……わかった！ 僕も負けないようにがんばるよ！」

爆豪からの挑戦に、出久が触発されたように両手で拳《こぶし》をギュッと握って意気ごむ。

それを横で聞いていた飯田がパッとひらめいたように手を打った。

「おお、オールマイトの記録に挑戦か！ いいじゃないか！ いっそみんなで挑戦するっていうのはどうだろう⁉　競争力を養《やしな》うことで、クラスのモチベーションが上がり、団結力も高まるというわけだ！　ヒーローとして必要な素養《そよう》を学べるアトラクションだ！」

飯田の提案に、みんながそれぞれ反応する。

「いいな！　やろうぜ！」

「記録に挑戦ってやっぱ燃えるよなー」

切島や砂藤がはりきる近くで、常闇も「まぁそれも一興《いっきょう》……」と頷く。

「運動場γ《ガンマ》ってアスレチックの動きに効《き》きそう」

「こう、くびれがつく感じだよね！」

お茶子と葉隠が話している横で、八百万が「みなさん」と声をかけた。

「来年のお話もけっこうですけれど、とりあえず今日のシメをなさっては？」

「そうね、せっかく作ってくれた飴、早く食べたいわ」

梅雨が持っている飴を見て、ほかの全員も飴を持ち、なんとなく円になる。しぶしぶといった様子の爆豪を切島たちが輪に招《まね》き、飯田がかしこまったように口を開いた。

「えー、今日という文化祭のために、全員で寝る間も惜しんで準備してきました。ですが、思えば出し物を決めるのにひと苦労したのが昨日《きのう》のことのよう……。あのときは出し物も決められず相澤先生にお叱《しか》りを受け、それから俺たちは――」

「そっから振り返るのかよ!」

思わずツッこんだ上鳴が、「こういうのは手短(てみじか)に!」とつけ足す。飯田は「俺としたことが」と咳払《せきばら》いをして改めてみんなを見回してから持っていた飴を掲《かか》げる。

「それでは簡素《かんそ》に。……みんな、お疲れさまでした！」

「おつかれさまー!!」

みんなもそれに合わせ、飴を掲げて叫ぶ。そして乾杯するように飴にパクついた。

飴の甘さと、フルーツの酸味が口のなかで溶《と》けながら合わさっていく。

それは、甘酸《あまず》っぱい青春の味がした。

Part《パート》.6

祭の後

「んじゃま、文化祭が無事終わったことを祝して……乾杯《かんぱい》!」

率先《そっせん》して音頭《おんど》をとったプレゼント・マイクの声に合わせ、ヒーロー科の教師たちが「かんぱーい!」と缶ビールで祝杯をあげた。

ここは雄英《ゆうえい》高校の敷地内にある教師寮だ。造《つく》りは生徒たちの寮とほぼ変わらない。一階共有スペースは、みんなで寛《くつろ》いだりすることも多いが、学校でできなかった授業の打ち合わせなどにも有効活用されていた。文化祭終わりの今日は軽い打ち上げ会場と化している。

青春の乾杯は甘酸《あまず》っぱいが、大人《おとな》の乾杯はほろ苦《にが》さで始まる。

いつも以上に警備を強化していたので、生徒たちのようにやり遂《と》げたという達成感より無事すんだという安堵《あんど》感と疲労が先立つのだ。

「とくにハウンドドッグ、おつかれー!」

プレゼント・マイクの声に一人で学校周辺を警備していたハウンドドッグが「あぁ」と缶ビールを少し持ち上げて答える。警戒から解放され、しみわたるビールを味わっているようだ。隣にいるブラドキングが「今日はゆっくり寝ろよ!」と声をかける。

「じゃあ、俺も早く寝ます」

乾杯はすんだとばかり、立ち上がろうとする相澤《あいざわ》を隣のプレゼント・マイクが「打ち上げはまだ始まったばかりだぜー！」と引き戻した。相澤は面倒《めんどう》くさそうに眉《まゆ》を寄せる。

「軽い打ち上げって言っただろうが」

「打ち上げっていうのは、労《ねぎら》いと反省をアルコールでうやむやにすることを言うのよ？」

すでに一本空《あ》け、二本目の缶ビールに手を伸ばしながらそう言ったミッドナイトの横で13号がノンアルコールビールを手にしながら驚く。

「えっ、そうだったんですか⁉」

「アル意味、ソウトモ言エル」

その隣で、神妙《しんみょう》に頷《うなず》くエクトプラズム。向かいのソファーの真《ま》ん中《なか》に座っているオールマイトもノンアルコールビールをチビリと口にした。

「まぁいいじゃない、明日《あす》は休みなんだから」

「片づけの監督があるだろう」

ミッドナイトにそう言う相澤の声は「まーいーじゃねーか！」というプレゼント・マイクの声にかき消された。相澤はしかたなくもう少しだけつき合うことにしてビールを飲《の》み下《くだ》す。そしてふと、斜《なな》め向《む》かいで黙ってノンアルコールビールに口をつけているオールマイトに気づいた。

「………？」

そんな相澤の横で、ミッドナイトが「はぁ〜♥」とうっとりとしたため息を吐《つ》く。

「それにしても文化祭って最高よね。準備期間も本番も、もうそこらじゅうで青春だったわ〜。突っ走る感情、ぶつかり合う友情、青臭《あおくさ》い激情、そして力を合わせて一つの出し物を披露《ひろう》する……毎日文化祭してほしいくらい」

「毎日文化祭だったらいつ勉強するんですか〜っ」

困ったように言う13号に相澤も淡々と飲みながら頷いた。

「年に一度だけでちょうどいい」

一年に一度のイベントだから張りきるのだ。貴重な機会を全力で楽しむために。ブラドキングも同意するように頷いて言った。

「あぁ、今年も生徒たちはがんばってた」

生徒たちにとっては在学中三年間のイベントだが、教師たちにとっては勤《つと》めている限り毎年続くイベントだ。雄英にきて初めての文化祭に胸躍《おど》らせる1年、去年の経験を糧《かて》にする2年、そして今年が最後だと想いをこめる3年。

生徒が違えば、出し物の内容も違う。同じ文化祭は二度とない。それでも毎年変わらないのは、一生懸命楽しませようとする生徒たちのがんばりだ。

それを実感して、みんなが頬《ほお》を緩《ゆる》ませた。ミッドナイトが「やっぱり青春よね～」と頬を上気させる横で、13号が思い出したように向かいに座るセメントスを見る。

「そういえば、セメントスのジュース大人気だったね」

「そうかい」と言いながら少し嬉《うれ》しそうなセメントスの横でスナイプが口を開く。

「経営科3年のヤツか。確かによくできていた」

セメントスを忠実に再現したカップのデザインがインスタ映《ば》えすると、生徒たちの間で大人気になり午後の早い時間には売りきれてしまった。その大人気のおかげで、パトロールしているセメントスと写真を撮《と》りたがる生徒たちがいっぱいだった。

そんな様子《ようす》を同じくパトロール中に見かけていたプレゼント・マイクが、納得いっていないように叫ぶ。

「なんでオレデザインじゃねーのよ⁉」

「お前だと飲むとき、髪の毛がジャマだろ」

的確な意見を言う相澤にプレゼント・マイクが自分の髪の先をツンツンと向ける。

「いや、いっそここをストローにすればいいジャン⁉　吸いづれーほうが肺活量爆アゲってもんだろー⁉」

「やめろ」と払いのける相澤の横でミッドナイトが水のように二本目の缶ビールを空けて、三本目に手を伸ばす。誰もペースが速いとツッこまないのは、ミッドナイトにしてはこれがローペースだと知っているからだった。

「普通科2年ノ焼キソバ、美味《びみ》ダッタ」

エクトプラズムの言葉に隣の13号が反応する。

「お昼で食べたヤツですか？　美味《おい》しかったですねー」

二人はちょうど休憩《きゅうけい》時間が一緒《いっしょ》だったので、生徒に声をかけられて焼きそばを食べに行っていた。ミッドナイトが「焼きそばとビールって合うわよね」と加わり、みんなそれぞれどの屋台が美味しかったかなどの報告になる。

「雄英まんじゅう、なかなか本格的だったな。こぢんまりとした丸みもよかった」

まんじゅう好きのセメントスがそう言うと、その隣のスナイプが口を開いた。

「ソーセージも美味《うま》かったぞ。皮はパリッと中はジューシーで」

その言葉にミッドナイトが「ソーセージといえばビールよね」と四本目を飲み下した。

ほかにもクレープも美味しかった、焼きトウモロコシもあった、など盛りあがる。屋台の話題で思い出したのか、ブラドキングが「あ、そういや」と向かいの相澤を見た。

「イレイザー、お前のクラスの障子《しょうじ》と砂藤《さとう》がなぜか屋台でたこ焼き焼いてたぞ」

「は？　なにやってんだ、あいつら」

自分の知らない生徒たちの行動に相澤はわずかに眉を寄せる。

「すごく美味かったがな」

そう言ってビールを飲んだブラドキングに、ミッドナイトが「たこ焼きも合うわね」とビールをあおった。手伝いでもしてたのか？　と考え中の相澤の隣のミッドナイトに、13号が「おなかすいたんですか？」と聞く。

「そうでもないけど、少しくらいつまみは欲しいわね」

「冷蔵庫にランチラッシュの作り置きおかずがありますよ」

と、13号が気をきかせて冷蔵庫から作り置きおかずを数種類持ってくる。校舎の調理場で、すでに明日の仕こみを行っているランチラッシュは、みんなが自由に食べられる作り置きおかずを教師寮の冷蔵庫に常備してくれていた。生徒だけでなく、教師たちの健康的な食事もランチラッシュに支えられている。ちなみにパワーローダーは技術展示会をがんばったサポート科の生徒たちの労を労っていた。

美味しいおかずをつまみに、教師たちのビールが一気にすすむ。

（どこが軽い打ち上げだ……）

休日前などは酒好きメンバーを中心に飲み会が始まる。ランチラッシュのつまみがあれば、その美味しさのあまり飲み会が長くなる。相澤は一人、適当に抜けようと誓《ちか》った。

（……さっきからどうしたんだ？）

そしてオールマイトが黙ったまま飲んでいるのを不審に思う。酒好きメンバーにたまに巻きこまれ、飲めないのに困った笑顔でつき合ったりしていたオールマイトが、さっきから一言もしゃべらずむっつりしてチビチビとノンアルコールを飲んでいる。

「そうそう、聞いたぜ、スナイプ！　3年サポート科の射的荒《しゃてきあ》らし！」

「大人気《おとなげ》ないわね〜。そういうのもキライじゃないけど」

「生徒たちが対オレ用の射的を用意してくれていたからな。本気でやらなくては」

ブラドキングたちが話している間も、オールマイトは黙りこんだままだ。相澤と同じくそれに気づいていたプレゼント・マイクが「つーか、オールマイト！」と声をかける。

「さっきからトゥーシャイシャイボーイすぎ！」

その声にやっとオールマイトの異変に気づいたセメントスが、心配そうに尋《たず》ねる。

「どうしたんです？」

周《まわ》りから心配そうな顔で見られているのに気づいたオールマイトが、「あ、ごめん」と謝《あやま》るが、顔はむっつりとしたままだ。エクトプラズムがみんなに言う。

「彼ハ1年A組ノ緑谷《みどりや》君ノ件デ暗然《あんぜん》トシテイル」

その言葉にみんなが「あぁ～」と納得した。文化祭に悪戯《いたずら》をしかけようとしていたジェントル・クリミナルと揉《も》めた生徒、自分と似た〝個性〟を持つ緑谷出久《いずく》をオールマイトが気にかけていることは全員が知っている。その出久が文化祭開催の時間になっても買い物からなかなか戻ってこなかったときのオールマイトの心配ぶりはそれはもう大変なものだった。

「……まったく肝心《かんじん》なときになんにも言わないんだから……」

チビリとノンアルコールを飲み、深いため息を吐き出すオールマイトのいつもと違う様子にミッドナイトが「もしかしてノンアルで酔ってる？」と缶のアルコール成分を確認する。その隣で相澤もそのときのことを思い出したように険《けわ》しい顔でビールを飲み、吐き出した。

「まったくどのヒーローに似たんだか……」

相澤も相澤でやきもきしていたのだ。だが、そんな二人以上にやきもきしていたハウンドドッグがバッと立ち上がった。

「担任と副担任がしっかガルルルル!!　自分たちの生徒なんバゥバゥバゥ!!」

厳《きび》しい態度で知られる生活指導のハウンドドッグ。その厳しさは生徒たちへの安全を最優先させる愛情ゆえのものだった。自分の嗅覚《きゅうかく》で出久の「揉めた」という言葉に裏を感じたからこそ、一番気を配って監督しなければいけない担任と副担任への怒《いか》りが爆発する。

そんなハウンドドッグに担任と副担任はただ謝るしかない。

「すみません……」

「面目《めんぼく》ない……」

「ガルルルルッ!!」

「ハウンドドッグ。まぁ飲んで落ち着けよ」

荒ぶるハウンドドッグの背をドウドウと撫《な》でながら、ブラドキングはビールをすすめる。

怒りを落ち着かせるようにハウンドドッグが一気に飲み干《のほ》す隣でオールマイトが神妙な様子で言った。

「親御さんから預かった大切な……生徒に何かあったらと思うと気が気ではなかった……。子供を持つ親の気持ちがわかった気がするよ。親御さんの心配とは比《くら》べものにならないかもしれないけど……」

出久の母親との約束を改めて思い出し、決意を新《あら》たにするオールマイトの前でミッドナイトがもう何本目かわからないビールを開けながらしみじみと笑った。

「そういうもんですよ、先生って」

誰かが大切に育てた命を預かる責任。心配などいくらしても、し足《た》りない。日々成長していく生徒たちは本当に自分の子供のように愛《いと》おしいのだ。

隣の13号もうんうんと頷く。

「みんなかわいい生徒たちですもんね。でもただ心配してるだけじゃ成長できませんから。授業のときは心を鬼にして厳しくしないと!」

意気ごむ13号にプレゼント・マイクが後輩をからかうようにツッこんだ。

「13号、お前が厳しくしてるとこ見たことナッシングよ!?」

「えっ、精いっぱい厳しくしてますよ~!?」

「飴《あめ》とムチをうまく使い分けなきゃダメよ? 今度教えてあげる」

「先輩が教えてくれるのは本当のムチ使いじゃないですか」

ミッドナイトにからまれながらも、冷静に返す13号。そんな光景を微笑《ほほえ》ましく見守るみんなを見回し、オールマイトは「そっか……そうだね」と頷く。

ただ心配しているだけじゃ成長できない。それは生徒だけじゃなく先生たちもそうなのだろう。

「相澤くん! 私もがんばるよ!」

「なんですか、急に」

「いや、先生としてさ!」

「……お手柔《てやわ》らかに」

はりきるオールマイトを少し驚いたように見ていた相澤は、そう言ってビールで口元を隠した。オールマイトも景気づけのように大きく一口飲む横で、セメントスが思い出したように相澤に尋ねる。

「エリちゃんはどうでしたか？」

「……楽しんでたよ。緑谷と通形《とおがた》が一緒だったからリラックスできたんだろう」

その言葉に全員がホッとしたように息を吐く。13号が「ならよかった……！」と胸に手を当てた。エリちゃんの部屋はやはり一階がいいとか、相澤の隣だなどと話しているみんなに、エクトプラズムが言う。

「皆、コレカラ幼子《おさなご》ガコノ寮デ生活スルンダ。今マデヨリ気ヲ引《ひ》キ締《し》メナイト」

「我々が子供の手本のような生活態度を示さねばならない」

やっと落ち着いたハウンドドッグもそれに言い添えた。教師寮の生活態度もハウンドドッグは厳しく見守っている。

「そうね、今から悪いオトコに引っかかんないように見分け方とか教えないと」

「そういう態度がひっかかるといっているんですよ、ミッドナイト」

セメントスの平板な注意にミッドナイトがうふふと笑う。

「やあね、冗談に決まってるでしょ。そうそう、エリちゃんの衣類も揃《そろ》えないと……あ」

ミッドナイトのその言葉に、相澤以外全員がピクリと反応した。そして少しの沈黙のあと、みんなが小刻《こきざ》みに震えだす。プレゼント・マイクが立ち上がり叫んだ。

「GANRIKI☆NEKO～！」

その単語に、必死に耐えていたみんながいっせいに吹き出した。

「ちょっ、やめてよっ、思い出しちゃったじゃない」

GANRIKI☆NEKOとは相澤が看護師さんに頼まれて買ってきたエリの外出用の服だった。猫好きの相澤が選んだ服は、目の異様《いよう》に大きな猫ちゃんのイラストにフリルがあしらわれた上下の激ダサトレーナーだった。両太ももあたりにプリントされている猫ちゃんは、歩くたびに迫《せま》ってきそうな妙な迫力がある。

あまりのダサさを憂慮《ゆうりょ》した看護師が、任《まか》せていられないと可愛《かわい》らしいジャンパースカートとブラウスと靴《くつ》まで見繕《みつくろ》ってくれたため、エリは事なきを得た。

「可愛かっただろうが」

本気で猫トレーナーが可愛いだろうと思って選んだ相澤は納得がいかなかったが、看護師の選んだ服を見るエリの目の輝《かがや》きに言葉を飲んだ。

「だいたい、衣食住にまったく興味がないイレイザーに選ばせるのが間違いなんだよ。昔から服も黒一辺倒《いっぺんとう》だもんな！　カラスかお前かって感じ！」

高校の同級生でクラスメイトだったプレゼント・マイクの遠慮のない言葉に、オールマイトがあわてて「でもほら」とフォローに回る。

「最先端の服って、こんな格好《かっこう》で街歩けるかみたいな感じじゃない？　相澤くんのセンスもきっと最先端なんだよ」

「オールマイト、それフォローになってないわよ？」

「服なんて着られりゃなんでもいいでしょうが」

多少ムッとしていた相澤がビールを飲み下した。相澤にとって服のセンスなど生きていく上であってもなくてもかまわない小さなことだ。

「あっ、そういえばA組のライブ、すごく盛りあがったみたいですねっ」

13号が話題を変えようと相澤に話を振る。

「あぁ、まぁがんばってたよ」

表情を緩ませながらも簡素に答えた相澤にプレゼント・マイクがつっかかる。

「おいおい、謙遜《けんそん》すんなって！　チョー盛りあがってたろ⁉　俺なんかちょっと観《み》ていくつもりがついつい最後まで踊っちゃったぜイエエ！」

「マイク、あんたパトロールじゃなかった？」

ミッドナイトにツッこまれ、プレゼント・マイクは「ライブ会場ンなかをパトロールってワケ！」と悪びれず答える。端《はし》っこからエクトプラズムが相澤たちのほうにひょっこり顔を覗《のぞ》かせた。

「我モ見タカッタ。演出モ良カッタトノ噂《うわさ》ダガ、ボーカルノ歌声モ評判ニナッテイタゾ」

カラオケ好きのエクトプラズムに、プレゼント・マイクも顔を端から顔をひょっこり覗かせて言った。

「セクシーキュートハスキーヴォイスってヤツだな！」

「オオ、マスマス聴《き》イテミタカッタ」

興味をひかれたエクトプラズムが耳郎《じろう》の歌声に想いを馳《は》せた。純粋に歌声を聴くために一緒にカラオケに行ってみたいが、いろいろと引っかかるだろうと心のなかで即座《そくざ》に断念する。

「あの子んチは音楽一家だっけ？」

プレゼント・マイクが相澤に聞く。

「あぁ」

「英才教育の賜物《たまもの》と、好きこそものの上手《じょうず》なれってヤツだな。演出も一秒も飽きさせねえぞっつー気概《きがい》が見えたし、バンドの音もバッチリ揃ってアゲアゲだったし、ダンスもノリノリで俺は思わず乱入しそうになったね！　イレイザーに止められなきゃ！」

「ノリで生徒の出し物に乱入しようとするなんてふざけんなよ」

げんなりする相澤の横で、プレゼント・マイクはどこ吹く風で続ける。

「それほど盛りあがったライブってことよ」

手放しで褒《ほ》めるプレゼント・マイクに、ふんふんと聞いていたブラドキングがンンッと咳払《せきばら》いをして言った。

「A組も評判が良かったが、我が1年B組の劇もなかなかのものだったぞ」

「そうらしいな。観《み》終わった生徒たちが興奮していた」

「観てみたかったな」

スナイプとセメントスの声に、ブラドキングは嬉しそうに頬《ほお》を緩めた。

「ふふ、我がB組の生徒たちが一から作り上げた完全オリジナル作品だからな。多少強引《ごういん》な展開もあってどうなるかと思っていたが、聞けば舞台裏ではさまざまなハプニングがあったらしい。しかし！　俺の可愛い生徒たちは、それを一致団結して乗り越え、舞台を務め上げたんだ！　さすが俺の可愛い生徒たちだ……!!」

思い出した感動に、ブラドキングは目頭《めがしら》を熱くさせながらビールを飲み干した。

打ち上げというより、ただの感想を述べる会になっていることに気づいた相澤だったが、楽しそうなみんなの顔をそっと見回して、抜け出すのはもう少しあとでもいいかと思う。

生徒たちの安全を守るには、いつでも気は抜けない。けれど、生徒たちが楽しんでいるのを見れば、多少の疲労は軽減するものだ。楽しさは伝播《でんぱ》するものだから。

「でも本当、校長ががんばってくれたおかげね」

そうしみじみ言ったミッドナイトの言葉に、全員が神妙に頷く。校長が尽力《じんりょく》してくれたからこそできた文化祭。警察との板挟《いたばさ》みでも、生徒たちのためにと折れずに自分の頭を下げた校長の態度は教師たちに、教師とはなんのためにあるのかと再確認させてくれた。

見かけはキュートでも、校長は信念の教師なのだ。

「やはり、校長はすごい方です」

セメントスがそう言う横で、オールマイトも「そうだね」と深く頷く。

「俺たちは幸せだな……！　あんな校長の下で教師として働けるなんて……！」

感極《かんきわ》まったブラドキングがくぅっと目頭を押さえる。その横で同意するようにハウンドドッグがブラドキングの肩をポンポンと叩《たた》いた。

ほかのみんなも同じ気持ちで、それぞれ頷いたり、校長に対する感謝の気持ちなどを吐《と》露《ろ》したりした。

先生たちが教師として道に迷ったときだけでなく、プライベートな悩みも、校長はときに親身に、そして冷静に一緒に解決してくれていた。生徒たちにとっての先生のように、先生たちにとっての教師が校長だった。みんな、校長を尊敬している。

「校長も文化祭、楽しんだのかね？」

「生徒たちが楽しんでいるのを、楽しそうに見守ってたわ」

プレゼント・マイクに答えたミッドナイトの隣で、13号が言う。

「来年は普通に、なんの問題もなく開催できるといいですね」

「そうだな」とビールを飲む相澤の隣でミッドナイトが残念そうに首を振った。

「今年は縮小したから、教師の出し物もなかったし」

「え、教師も出し物するの？」

初耳だったオールマイトにミッドナイトが新しいビールを開けながら言う。

「しますよー。短いものですけどね。去年は組体操で、一昨年《おととし》は応援団、その前は……なんだったかしら？」

「合唱ダ。マタヤロウ」

身を乗り出すエクトプラズム。その期待している声に、相澤は「もうなくしてもいいんじゃないですか」と提案しようとしたのをいったんやめておく。オールマイトが興味深そうに目を輝かせた。

「そうなんだー。私がいた頃は先生たちの出し物はなかったなぁ」

オールマイトは雄英出身だ。隣のセメントスが声をかける。

「そういえば、在学中のオールマイトのクラスの出し物はなんだったんです？」

「メイド&執事《しつじ》喫茶だよ。昔はまだ目新しかったしね」

「私はドミノ倒しやったわね」

そう言ってビールを飲むミッドナイトに13号が聞く。

「へえ、ドミノ倒しをさせてくれるんですか？」

「ううん、お客さんが一生懸命並べたドミノを、倒しそうで倒さずに焦《じ》らすの。で、結局倒すの」

「ええ～？　せっかく並べたドミノを？」

主旨《しゅし》がよくわからないと困惑《こんわく》するオールマイトの横で、セメントスが平板な声で言った。

「きっと翻弄《ほんろう》されるのが好きな人種にはたまらないんでしょうね」

「意外に大盛況だったわよ。そう言うセメントスは？」

「私は落語披露したな」

「落チ着イテイルカラ真打《しんう》チトイウ感ジガスルナ。チナミニ演目《えんもく》ハ？」

「『まんじゅうこわい』です」

「セメントスっぽいわねー。13号は何をやったの？」

「植物園カフェです。教室を植物だらけにして、ミスト焚《た》いて癒《いや》しのカフェって感じで」

「わー、良さそうだね」

「飲み物もハーブティとか体に優しいものにしたりしたんですよ」

「行ってみたかったなぁ」と微笑むオールマイトに「来てほしかったです～」と嬉しそうな13号。平和なノンアル組の会話にプレゼント・マイクが相澤の肩をぐいと寄せ、割って入る。

「俺たちはベタにお化け屋敷よ！　イレイザーのお化け姿がハマッてたわー。ただ立ってるだけなのに！」

相澤は鬱陶《うっとう》しそうにプレゼント・マイクの腕をはねのけながら言った。

「でも、お前の怪談ラップのせいで、あんまり怖《こわ》くないって不評だったろ」

「俺が時代を追い越しっぱなしだったワケ！」

「そのまま来世まで突っ走っとけよ」

「消《しょう》ちゃんシビィー！　いーじゃねーか、ノリノリお化け屋敷！」

「そんなお化け屋敷やーよ。怖がりにいくんだから」

あきれるミッドナイトの斜め向かいから、スナイプが思い出したように口を開いた。

「俺はガンマン対決できる西部劇カフェだ。客はみんなよそ者のガンマンになり、オゴリだとカウンターを滑《すべ》ってきたグラスを受け取り、地元の客たちに因縁《いんねん》をつけられ、なんやかんや早撃ち対決をする」

「おもしろそうだ」

「凝《こ》ってるねぇ」

セメントスとオールマイトが興味を示す。

「我ハ歌声喫茶ダ。楽シカッタ」

懐《なつ》かしむエクトプラズムを見て、相澤がよっぽど歌うのが好きなんだなと思っていると、プレゼント・マイクがその向かいでなぜか黙りこんだままの二人に訊《き》く。

「で、ブラドとハウンドドッグは何やったのよ？」

「……女装《じよそう》喫茶」

苦虫《にがむし》を噛《か》み潰《つぶ》した顔で呟《つぶや》いたブラドキングに、ハウンドドッグがハッとして「俺もだ」という。

「あぁ～、文化祭の流行《はや》りっていうの？　そういうのあったわね。女装男装系」

「なぜか女子が乗り気でな……」

「多数決で決まった……」

「いーじゃないの。手っ取り早く非日常を味わうには格好から入りたいのよ」

青春の祭典、文化祭評論家と化したミッドナイトが二人に「写真ないの？」と訊くが、
二人は「ないっ」とブンブンと首を振った。ブラドキングは心外《しんがい》とばかりにため息を吐く。

「まったく、文化祭でミスターも獲《と》ったこの俺が女装など……」

「えっ、ミスターコンテストとかあったんですか？　すごいじゃないですかー！」

「あぁ、ミスターマッスルコンテストだ！」

ムンッとポーズをとるブラドキングに、13号が「そっちか〜」と納得する。

「私はミスコン荒らしだったわよ」

「あー、わかる気がするなー」

「幼稚園からね」

予想外の義務教育以下に驚くオールマイトたちの前で、13号だけが「園児でもミスなんですか？」と首をひねる。

「さすがだぜー、園児でも夜の女王ミッドナイト！」

そうプレゼント・マイクにはやし立てられながら、ミッドナイトは頬を染め、ほうっと熱い吐息《といき》を吐く。

「なんだか昔の話してたら文化祭やりたくなっちゃった……」

「でも今年はもう……」

終わっちゃいましたよと続けようとした13号の言葉を遮《さえぎ》り、ミッドナイトが続ける。

「わかってるわよ〜。でもこうあの頃に戻って……みたいな気持ちにならない？」

「あー、それはわかる！　今年は俺たちの出し物もなかったし、よけい？」

大いに同意するプレゼント・マイク。文化祭の思い出は青春の鍵《かぎ》だったようで、ほかの先生たちも「まぁねぇ……」「そうだな」などと同意した。

「でもだからって、本当に文化祭やるわけにもいかないでしょう」

気持ちはセメントスも同じだったが、現実的にはムリな話だ。ミッドナイトはイヤイヤと身をよじる。

「雰囲気だけでも味わいたいの〜っ……ってわけで、一発芸大会はどう？」

「は？」

ミッドナイトの提案にきょとんとする先生たち。そんな面々をニコニコと見回し、夜の女王は言った。

「私たちの出し物って一発芸みたいなもんだったたじゃない。ね、どう？」

そう言われるとそんなもんか、とか、簡単に文化祭気分が味わえるなら、などの想いがそれぞれ交錯した結果、ブラドキングがバッと立ち上がった。

「そういうことなら俺が一番手だ……。筋肉ウェーブ！」

そう言ってブラドキングはポーズをとりながら、腕から胸、そして反対側の腕へと筋肉をウェーブさせていく。ウェーブは揺り返し、繰り返される波のようだ。プレゼント・マイクが妙なテンションでかけ声をかける。

「乗っちゃうよー！　その上腕二頭筋《じょうわんにとうきん》、乗っちゃうよー！　ビックウェーブ来たよー！」

「キ、キレてるよー」

マッスルコンテストのようなノリに合わせねばと、オールマイトも口添えする。その前でミッドナイトがそのウェーブを鑑賞しながらビールを空けた。

「筋肉とビールも合うわよね～」

ビールは何にでも合う魔法の飲み物なのだ。その隣でいやな流れに相澤が眉を寄せた。

（やっぱりもう少し前に抜けときゃよかった……）

今、抜けるなど言いだせば、「じゃあ一発芸やってってよ」などミッドナイトやプレゼント・マイクにからまれることは目に見えている。どうするべきか悩む相澤の向かいで、筋肉ウェーブを披露し終えて満足げなブラドキングが、隣のハウンドドッグの肩を陽気に叩いた。

「しかし、俺に勝《まさ》るとも劣《おと》らないハウンドドッグの一発芸……匂《にお》い当てだ！」

急な指名に「えっ、俺？」と言いたそうにビックリしているハウンドドッグ。その向かいでミッドナイトが首を傾《かし》げた。

「一発芸っていうか、特技っていうか、仕事っていうか」

「いいか、ハウンドドッグは集中すれば、その人が何をしていたかまでわかるんだ。見せてやれ、ハウンドドッグ、お前のすごさを！」

友人でもあるブラドキングの熱い思いに打たれ、ハウンドドッグは「わかった」と目をつぶる。なんでも当ててみせると準備万端だ。先生たちは示し合わせて、スナイプの帽子をハウンドドッグの前に持ってくる。

「それじゃあコレの匂いは？」

「……これはスナイプの帽子だ。昼はウィンナーとチリコンカン、飲み物はウーロン茶だな。射的は意外に難度が高かったようだな、集中した匂いがする。……あと綿《わた》あめを食べたか。意外だな」

「……生徒に味見を頼まれた」

驚くスナイプ。当たっていたことにブラドキング以外が「おお～」と感心する。

「お前はすごいヤツなんだ、友よ……！」

当たったことに感極まったブラドキングが男泣きする。どうやら酔いが回っているようだ。ハウンドドッグは「落ち着け」とブラドキングを宥《なだ》める。そんななか、相澤がスッと手をあげた。

「じゃあ次は俺だ」

「ヒュー！　珍しく積極的だな、イレイザー！」

「どうしたんですか？　先輩!?」

いつもいち早く抜けようとする相澤の予想外な行動に、みんなが注目する。注目をしっかり集めた相澤はたっぷり間《ま》をとり言った。

「――二秒で寝ます」

そして二秒後、ソファーの背もたれに首をカクッと預け宣言どおり寝てしまった。逃げられないなら意識だけでもこの場から抜けてしまおうと思《おも》い至《いた》った相澤だった。

「おーい！　イレイザー！　消ちゃん！　省エネ消ちゃん！　スリ師匠《ししょう》!!」

集中して寝に入った相澤の眠りは深く、騒《さわ》がしいプレゼント・マイクの声でも起きそうにない。「寝逃げね」とミッドナイトが呟く。

「そ、それじゃあ次は私かな。アメリカで活動していたときの鉄板ジョークを一つ……」

自分の近くの人たちが一発芸を披露していたので、オールマイトがおずおずと申し出る。

偉大なヒーローのジョークが聞けると、みんながワクワクと注目した。

「ある敵《ヴィラン》と戦い勝ったが、なぜか警察に捕《つか》まったのは私だったんだ。なぜかって？　緊急呼び出しで、うっかりバスルームからそのまま飛び出してしまったのさ！　……あれ？」

　想像した爆笑がこないことにオールマイトがきょとんとする。

「いや、普通に捕まるでしょ」

「おもしろかったんですけど、ちょっとハードルが高すぎたっていうか……」

　ギリギリの露出で攻《せ》めているミッドナイトには、素《す》っ裸《ぱだか》は試合放棄《ほうき》したようなもの。厳しくもまっとうな意見でツッこむ。ほかの先生たちの生暖《なまあたた》かい反応と、13号の気遣《きづか》いにオールマイトはシュンとする。そして大笑いしてくれたアメリカ人の親友を思い出した。

（デイヴには大ウケだったんだけどなぁ……）

　落ちこんでノンアルをチビチビと飲みはじめたオールマイトを励《はげ》まそうと、隣のセメントスが「では次は俺が……」と〝個性〟のセメントで壁のコンクリを精密なオールマイト像に成型した。そのでき栄《ば》えにオールマイトが「ありがとう」とそっと涙をぬぐう。

　テーブルの上は、いつの間にか空いた缶ビールや、ミッドナイトがそっと持ってきていたテキーラの瓶《びん》などでいっぱいになっていた。一大イベントが終わったあとだからか、やはり軽い打ち上げなどですむはずもなく、ノンアル組と寝逃げした相澤以外の面々はみんなかなり酔っている。

「デハ、次ハ我ダナ。一発芸、一人輪唱《りんしょう》」

そう言うと、エクトプラズムはソファーの後ろへと移動し、〝個性〟で三〇人ほどに分身した。そして端《はし》から順序良く、童謡『カエルの歌』を歌っていく。

カエルの歌が始まったと思ったら、また同じ声でカエルの歌が始まる。初めの歌い出しが鳴き声に変わると、次の歌い出しも鳴き声に変わっていくが、そのあとを追って、新しいカエルの歌が延々と始まっていく。カエルの歌は終わらない。カエルの歌は永遠に生まれ続けていく。カエルの歌と鳴き声は永遠と繰り返される波になり、みんなの鼓膜《こまく》を震わし、同じ人物の同じ声色が延々と続く脳を振動させるような歌のサークルが出来上がる。永遠と続くカエルの歌は、カエルの概念《がいねん》さえ壊し、カエル迷路へみんなを迷い込ませていく。カエルはいったい、なんのために歌っているのだろうか。カエルとはいったい、なんなんだろうか。私たちがカエルのことを考えるとき、カエルもまた私たちのことを考えているのかもしれない。カエルがくる。カエルが私たちに近づいてくる。愉快《ゆかい》なカエルの歌を歌いながら。

「何チャンネルステレオよ、コレ！」と盛りあがるプレゼント・マイクに、ほろ酔い気分のほかの面々も盛りあがっている。

「ええ～……」

しかし、シラフのオールマイトと13号には洗脳音楽にしか聞こえない。延々と聞こえてくるカエルの歌は、まるでカエルの姿をした悪魔が血だまりをピチャンピチャンと跳《は》ねながらやってくるようだ。

「クゥ……」

そしてその洗脳音楽は疲れがたまっていたハウンドドッグを眠りの世界に引きずっていった。ふだんの険しさはどこへやらの安らかな寝顔だ。

「じゃあ次は私ね。ブラド、背中貸して」

そう言って立ち上がるミッドナイトの手には武器でもある愛用のムチが握《にぎ》られている。

それを見たオールマイトはなんだかいやな予感に襲われた。

「じゃあブラド、ここに立って」

上半身裸のブラドキングの背中を前に、ミッドナイトは興奮を抑《おさ》えるように唇《くちびる》を舐《な》め、ムチをしならせる。そのあまり子供には見せられない組み合わせに、オールマイトと13号があわてて止めた。

「ちょっと待って、いくらなんでもそれはちょっとまずいんじゃ！」

「そうですよ、先輩！　いくら打ち上げだからって、さすがにハメを外《はず》しすぎですよ!?」

「もう黙ってみててよ……ハァッ！」

「うっ！」

ミッドナイトは興奮した顔で、ブラドキングの筋骨《きんこつ》隆々《りゅうりゅう》とした背中をムチで打っていく。

「あぁ〜！」とノンアル組は、見てはいけないとばかりに目を隠《かく》した。

「痛くない！　これしきのムチ、痛くないぞ〜〜〜！」

やせ我慢しているのか、ムチを打たれながらもポーズをとり続けるブラドキング。一心《いっしん》不乱《ふらん》にムチを打っていたミッドナイトがふぅと汗を拭《ぬぐ》う。

「見て、私の一発芸。ムチ書道」

そして爽《さわ》やかな笑顔でサッと見せたブラドキングの背中には、赤く打たれた痕《あと》で『青春謳歌《おうか》』と文字が浮かび上がっていた。

「す、すごい……！」

そのあまりの達筆《たっぴつ》ぶりに、ノンアル組も驚愕《きょうがく》した。ほかのほろ酔いの面々も感動し、アンコールを要求する。

「えー？　しょうがないわねー。みんな好きなんだからー」

と、まんざらでもなさそうなミッドナイトが、今度はブラドキングに前を向かせながらムチを打ちはじめた。それはみんながリクエストした言葉だ。

それに花を添えようとエクトプラズムが童謡『静かな湖畔《こはん》』を輪唱しだす。

時が止まっているような水底《みずぞこ》まで見える澄んだ湖の近くには、瑞々《みずみず》しい木々が茂る深い森がある。清浄な空気は黒く傷《いた》んだ肺を潤《うるお》わせてくれるように、ただそこにある。風が揺らす葉の音だけがしていた空間に、ふいに聞こえてきた一羽の鳥の声。カッコー。空気を震わす響きを含んだ鳴き声は森と私の自我を揺り起こそうとするようだ。そしてそれは繰り返される。カッコー。カッコー。カッコー。私にはそれがなぜか人の声に聞こえてきた。鳴き声の正体《しょうたい》はカッコウ。カッコウは鳴く。カッコウは鳴き続ける。カッコウは私に何かを訴えてくる。いやだ、私は目覚めたくない。それなのにカッコウは鳴きやむことを知らないように鳴き続ける。カッコー。カッコー。カッコウの鳴き声が森を震わし、湖を波立たせる。そしてふと気づく。カッコウの鳴き声はいつのまにか私の頭のなかから聞こえていた。カッコウの声が脳を揺らす。カッコー、カッコーと私の魂《たましい》に呼びかけてくる。

静かな湖畔から、もういいかげん目覚めよと、カッコウの姿をした聖人が悟《さと》りを開かせようとしてくる。そんな幻覚が見えそうな輪唱のなか、ミッドナイトのムチの音が合いの手のように入ってくるカオスな空間は、正気を失わせるのに十分だ。

そしてミッドナイトのムチ書道が完成したその瞬間、近くから可愛らしい、だが地獄の底から響いてくるような声がした。

「なにしてるんだい……？」

「こ、校長……!!」

警察への報告を終え、いつのまにか帰っていた校長がやってきていた。

いつもはキュートに自分たちを見上げる黒いつぶらな瞳《ひとみ》も、今は闇のなかで光る獣《けもの》のようだ。

「せっかく無事にすんで、警察庁長官にもお小言《こごと》を言われて、やれやれと帰ってきたところだったんだけど……」

キラリと光るその目に、先生たちの酔いは一気に醒《さ》めた。その殺気を感じてか、寝ていた相澤とハウンドドッグも目を覚ます。最初からシラフだったノンアル組はとっくに恐怖に震えている。

「——お祭り騒ぎもいいかげんにしなさい」

「……はいっ！」

かくして雄英の文化祭は本当に幕を閉《と》じた。そしてこれから夜中までつづくお説教タイムが始まる。

けれど、シュンとうなだれるブラドキングの胸に赤く浮かびあがった文字を見た校長の顔がわずかにゆるむ。お説教タイムは一時間くらい短くなるかもしれない。

浮かびあがったその文字は『雄英最高』だった。

■初出
僕のヒーローアカデミア 雄英白書　祭　それぞれの文化祭　書き下ろし

[僕のヒーローアカデミア 雄英白書] 祭　それぞれの文化祭

2019年 5月 6日　第1刷発行
2024年11月18日　第11刷発行

著　者／堀越耕平 ◉ 誉司アンリ

編　集／株式会社　集英社インターナショナル
〒101-8050　東京都千代田区一ツ橋2-5-10
TEL　03-5211-2632(代)

装　丁／阿部亮爾〔バナナグローブスタジオ〕

編集協力／佐藤裕介〔STICK-OUT〕

編集人／千葉佳余

発行者／瓶子吉久

発行所／株式会社　集英社
〒101-8050　東京都千代田区一ツ橋2-5-10
TEL　03-3230-6297(編集部)
03-3230-6080(読者係)
03-3230-6393(販売部・書店専用)

印刷所／中央精版印刷株式会社

Printed in Japan　ISBN978-4-08-703475-2 C0093

オーディエンス諸君《しょくん》!
CM《コマーシャル》ライヴへようこそ!!
"ボイスヒーロー"プレゼントマイクがリスナーのためにゴートゥーヘヴン確実《かくじつ》なナイスアイテムをプレゼンするぜ!!
ヴィジランテ
-僕《ぼく》のヒーローアカデミア コマーシャル-
「僕《ぼく》のヒーローアカデミア」
スピンオフってなに?
本編《ほんぺん》のワールドやキャラをシェアし
「ヒロアカ」に更《さら》なる魅力《みりょく》をプラスした超絶《ちょうぜつ》ホットな作品《さくひん》さ
サイドストーリー満載《まんさい》の小説《しょうせつ》『雄英白書《ゆうえいはくしょ》』は生徒《せいと》&《アンド》教師《きょうし》たちの日常《にちじょう》が拝《おが》め
大好評発売中《だいこうひょうはつばいちゅう》!!
MY HERO ACADEMIA
僕のヒーローアカデミア
「最強《サイキョー》ジャンプ」連載中《れんさいちゅう》の『チームアップミッション』は超絶画力《ちょうぜつがりょく》でお届《とど》け!!
絶賛発売中《ぜっさんはつばいちゅう》!!
MY HERO ACADEMIA
僕のヒーローアカデミア
Team Up Mission 1
そして!ラストに紹介《しょうかい》するのは
コミックス重版出来中《じゅうはんしゅったいちゅう》!
『ヴィジランテ』
プロヒーローもレギュラー出演中《しゅつえんちゅう》!!
超《ちょう》ド級外伝《きゅうがいでん》のセールスポイントをクール&《アンド》ヘヴィーな「鉄拳掃除人《てっけんそうじにん》」ナックルダスターに紹介《しょうかい》してもらうぜ!アーユーレディ!?
PLUS《プルス》 Ultra《ウルトラ》!!

頑《がん》固《こ》一《いっ》徹《てつ》
鉄《てつ》拳《けん》オヤジ大《だい》絶《ぜっ》賛《さん》！
VIGILANTE
ヴィジランテ
僕のヒーローアカデミア
1 俺がいる！
脚本：古橋秀之
作画：別天荒人
JUMP COMICS
全《ぜん》⑮巻《かん》、
大《だい》好《こう》評《ひょう》発《はっ》売《ばい》中《ちゅう》!!!
読《よ》めば読《よ》むほどスカッとするぞ！
こんな感《かん》じでOK《オッケー》だろう？
もう少《すこ》し説明《せつめい》しましょうよ…
コミックス買《か》ってね♥